焦利 / 著

和珅的三年

清代监察大案启示录

目录

乾隆四十五年

和珅反贪第一案

南巡路上的插曲

乾隆四十五年（1780 年）正月，70 岁的乾隆皇帝带着浩浩荡荡的队伍开始了他第五次下江南的行程。刚刚 30 岁的和珅近年来因为得到乾隆的宠幸，所以这次也陪同乾隆皇帝南巡，和珅是鞍前马后忙得不亦乐乎，把老皇帝伺候得舒舒服服，十分满意。乾隆越来越觉得自己是一刻也离不了和珅这个聪明伶俐的小伙子了。但是，就是在这种情况下，在南巡的队伍走到山东的时候，和珅忽然离开了乾隆，带着一队人马急匆匆地直奔云南、贵州方向而去。

怎么回事？他要去哪儿？为什么不陪着皇帝南巡了？乾隆不是一刻也离不开和珅吗？为什么又要让他离开自己远赴云贵呢？

原来啊，南巡路上，发生了一件让乾隆皇帝十分恼火的事情。

具体情况是这样的：乾隆四十五年正月，有一

乾隆四十五年正月二十六日奉

旨現派侍郎和珅喀寧阿馳驛前往貴州有查辦事件所有

隨帶司員著一併馳驛前往欽此

个曾任云南粮储道和贵州按察使的官员，叫作海宁，这个海宁新近解除旧任，被任命为沈阳奉天府尹了。上任之前呢，按惯例皇帝都要接见一下新任官员，进行一番"任职谈话"，同时也顺便了解一下地方上其他官员的表现。海宁在云贵两地任职多年，而且他的父亲也曾当过云贵总督，所以对这两个省的情况应该比较了解，乾隆也想从海宁这儿多了解一些云贵那边的治理和吏治情况。别看乾隆是在南巡途中，但是一切公务照常进行，绝不像传说中的"乾隆下江南"，只是游山玩水寻美人。

这个海宁啊，当着皇帝的面儿，并没有反映什么重要情况，特别是对云贵总督李侍尧，还说了不少好话，说他很能干，有本事，把云贵两省治理得井井有条，百姓安居乐业，社会和谐稳定。把李侍尧大大赞美了一番。

但是，背地里呢，海宁又跟别人说了许多李侍尧的坏话，特别是在跟一些当官的亲朋故交吃饭喝酒的时候，酒酣耳热之际，便抖出了不少李侍尧在云南专横跋扈、贪赃枉法的事情。这些小道消息没多久就传到了乾隆的耳朵里。

乾隆对此大为光火：好你个海宁！当面一套背后一套，居然敢对皇帝玩花样！于是，立刻传谕军机大臣，以欺君之罪严审海宁。

那么，海宁为什么要这样做呢？这个呀，和云贵总督李侍尧在乾隆心中的分量有关。

云贵总督李侍尧是那个著名的大城市——辽宁铁岭人。人家可不是一般人，他是乾隆皇帝最为赏识的干将、能臣之一。李侍尧是明末将领李如柏的后代，他的四世祖李永芳，原本是明朝镇守抚顺城的最高长官。在万历四十六年（1618年）初，当清太祖努尔哈赤率军攻打抚顺的时候，李永芳俯首投降，献出了抚顺城。努尔哈赤为了奖励他，授予他三等副将官衔，并把自己的孙女下嫁给他，因此俗称其为"抚顺额驸"。从此李永芳为新主子效尽了犬马之劳，立下了赫赫战功，也为他的后代铺好了光明的晋升之路。李侍尧的父亲也是高官，曾当过户部尚书，相当于今天的财政部长。从这个意义上说，他也是八旗勋旧大臣的后裔。所以，李侍尧是根正苗红的高干子弟，但他绝对不是纨绔子弟。乾隆八年（1743年），李侍尧以荫生身份得补印务章京一职。所谓荫生就是依靠父祖的官位而取得进入国子监读书资格的官僚子弟，这些人不经过科举考试就可以做官。那"印务章京"是个什么官呢？其实，"印务章京"也就是个普通公务员，负责协助领导管理文书档案、章奏文件，以及办理印务等事。相当于我们现在行政机关的机要员或者是档案管理员吧。但是，就是这样一个平凡的工作，李侍尧却干得有声有色，文书档案过目不忘，印务奏章井井有条，不断获得领导和同事的好评。乾隆十四年（1749年），乾隆皇帝第一次接见李侍尧，就发现他才思敏捷，对答如流，过目成诵，不禁称赞他是"天下奇才"，当即破格提拔他为副都统。当时有人劝谏皇帝，说对李侍尧提拔的力度太大，违反先例。乾隆却说："李永芳孙，安可以他汉军比。"就是说，李侍尧是"抚顺额驸"李永芳的后代，那是皇帝家的亲戚，别人怎么能和他相比呢？从此后，李侍尧一路高升，先后专任工部侍郎、户部侍郎、广州将军等职，再后来子承父业，升任户部尚书，然后又外放，先后任湖广总督、两广总督。乾隆三十八年（1773年），李侍尧晋升为大学士，成为宰相级的官员。乾隆四十二年（1777年），以大学士兼云贵总督，成了真正位高权重的封疆大吏。这期间乾隆对李侍尧一直非常器重，十分赏识。

那么，李侍尧为什么会得到乾隆的如此赏识呢？有两个原因：一个是李侍尧的确有才；另一个是李侍尧很会"办贡"。

我们先说说李侍尧的才干。《清史稿》是这样记载的："（李侍尧）短小精干，过目成诵，见属僚，数语即辨其才否。拥几高坐，语所治肥瘠利害，或及其阴事，若亲见，人皆悚惧。"就是说李侍尧这个人个子不高，但机敏过人，凡是他看过的案卷文件，全都过目不忘。他的下属来拜见他，交谈几句话，他就知道对方有没有才干。谈起下属施政的利弊得失，经常切中要害。州县官有瞒着上级的事，李侍尧往往能一语道破，好像他亲眼看见了一样。所以，下面的人都有点怕他。这就是李侍尧：看人，一眼看透；看事，洞若观火；看书看文件，过目不忘。而且，不管是处理官场上的问题还是用兵打仗，都能够迅速处理，不留后患。正因为如此，乾隆皇帝十分赏识李侍尧，多次对臣下夸赞李侍尧办事干练，在督抚中最为出色，甚至把他和军机大臣阿桂并称为当朝最能办事的两个人。

刚才讲的是李侍尧被乾隆赏识的第一个原因：有才干。下面再看李侍尧被乾隆赏识的第二个原因：会"办贡"。所谓办贡，就是替皇上办理进贡事宜。"进贡"大家都知道，是中国古代的一项礼仪和制度，说白了就是给皇上送礼。各地官员以及各藩属国以土特产进献给天子，既满足了天子的需要，又沟通了上下的感情，所以皇帝和臣子都乐此不疲。但是，如果进贡太多，将会给百姓和各地带来沉重的负担，所以，历朝历代对于进贡都有一定的限制条件，比如在进贡的资格和时间上都有严格的限制，并不是什么人什么时候都可以进贡。按清代定制，除了藩属国和王公大臣之外，只有督抚们有进贡的权利，而且进贡的时间也仅限于冬至、中秋和皇帝的生日。清代前几任皇帝励精图治，提倡节俭，进贡还能按定制进行。乾隆皇帝即位之初，甚至常年拒绝进贡。

但是，到了乾隆晚年，随着康乾盛世发展到顶峰，乾隆晚境顺遂，也就不再压抑自己对物质享受的欲望了。于是，进贡的大门再次被打开，而且越开越大，甚至突破了定制，时间和资格的限制都不讲了，一到逢年过节，不仅督抚，其他各级官员也都踊跃进贡，进贡的大军变得浩浩荡荡。李侍尧就是官员进贡大军的领军人物。他所办的贡品，在全国所有官员中，不但最多，而且最好。他和山东巡抚国泰，都以"优于办贡"得到过皇帝的表扬。但是乾隆对李侍尧比对国泰等其他大臣更亲近。举个小例子就能看出来。一般来说，进贡既然是大臣给皇上送礼，那么送什么当然是大臣自定，皇帝不便发表意见。而且对其他大臣，皇帝还要做做表面文章，每当大臣拿奇珍异宝来进贡，他都要严加申斥，说自己并不喜欢督抚大臣进贡，说自己"时常所用悉系朴素木器，不尚奢华，督抚等若惟夸多斗靡，妄费呈献，朕非特不以为喜，转觉可惜"，就是说他自己崇尚节俭，平常用的都是很普通的木质家具，如果督抚们争相进贡那些奢华无用的东西，那他不仅不会高兴，反而会觉得很可惜，所以要求督抚们不进贡或者少进贡。比如，有一次，乾隆就在国泰的贡折上批复：何必进贡得这么殷勤呢？你进贡的那些东西现在都闲置在圆明园的库房里，也没啥用处，数年后烂坏而已。

但是对李侍尧，皇帝却不见外，有什么说什么。有一次李侍尧从广东进贡了一批西洋玩意儿之后，乾隆便传旨给李侍尧，说出了自己的心里话："此次所进镀金洋景表亭一座甚好，嗣后似此样好看者多觅几件；再有大而好者，亦觅几件，不必惜价。如觅得时，于端阳进贡几件来。"就是说，侍尧啊，你这次所进的一座镀金洋景表亭非常好啊！我喜欢！以后像这样好看的东西多找几件，再有比这更大更好的也找几件，不要心疼钱。如果找到了，就在端阳节再进贡几样来。由此可见，乾隆不仅喜欢李侍尧所进的贡品，而且和李侍尧的私交也非同寻常。

李侍尧就是这样一个既有才干又会拍马，深得乾隆喜爱的封疆大吏。

因为乾隆经常当众夸奖李侍尧，所以谁都知道皇上喜欢他。所以海宁当然不敢在皇上面前说李侍尧的坏话，而是投其所好，对李侍尧大加赞扬。但是，他对李侍尧又的确有许多不满，憋在心里难受，所以只好背后跟别人议论，发泄发泄。没想到却因此获罪了。

在军机大臣们的严厉审讯之下，海宁只好把有关李侍尧贪污受贿的种种传闻和盘托出。

其中主要有以下几件：

（一）李侍尧曾派遣部下赴江苏购买进贡物品，借此机会收取所属官员汪圻、庄肇奎和素尔方阿等人的贡献银上万两；

（二）李侍尧派人修缮自家房舍，放出风来让大家表示意思，借机向属员勒索白银上万两；

（三）李侍尧每次过生日都大肆收礼，海宁自己也曾在李侍尧过生日时，向他贡献过一些贵重礼品。

但是为了给自己开脱，海宁也一再强调，除了自己向李侍尧送礼的事是确切的，其他那些事儿都是听别人说的，自己并没有掌握真凭实据，所以不敢向皇帝报告，并不是故意要隐瞒实情，欺骗皇上。

乾隆看了军机处呈上来的海宁的口供，里面对李侍尧侵贪纳贿的事情列了许多款，虽说是得之传闻，但也是有人物有事件，有鼻子有眼，让人感觉八成都是真的。

李侍尧的这些事，既然有人揭发出来了，那么，是查还是不查呢？乾隆还真有点儿犹豫：查吧，万一真查出问题，到时候不好处理，因为李侍尧毕竟是乾隆喜欢的能臣；不查吧，下面对李侍尧已经是议论纷纷了，不查显得皇上有袒护之嫌。怎么办呢？

听听和珅的意见吧。乾隆现在遇事儿很愿意和和珅商量。和珅虽然年轻，但是却称得上是老谋深算。他站在皇帝的立场上，小心翼翼地说出了自己的意见：皇上一向对贪污腐败深恶痛绝，所以，对于海宁的奏报想来一定会十分重视。李侍尧历任封疆，久居督抚之位，达 20 多年，拥兵自重，在督抚当中影响很大。所以，无论海宁说的是否属实，都应该派出钦差对李侍尧详细调查一下。无罪，则还其清白；有罪，则皇上裁断。这样，也好让皇上和臣子们安心啊！

也许是"拥兵自重"这个词碰到了乾隆心里最敏感的那根弦，当皇帝的，不怕大臣贪污，就怕大臣有二心。所以，乾隆对和珅的分析点头称是："爱卿分析得不错！那这件事就交给你来办吧。朕命你为钦差大臣，与刑部侍郎喀宁阿立即前往云南调查李侍尧贪污索贿之事！记住：一定要根据海宁提供的线索，一查到底，决不允许方面大臣借任何理由勒索下属！"

给和珅一个机会

乾隆为什么要派和珅去呢？

第一，乾隆想要着力培养和珅，所以借此机会让他历练一下。

大家都知道，和珅是乾隆皇帝的新宠，由于和珅的聪明机灵，所以总是能抓住机会在皇帝面前恰当地展示自己的才华：懂得满蒙汉藏四种语言，精通四书五经、诗词书画甚至佛学，这在那些斗大的汉字不识几个的八旗侍卫当中，简直就是鹤立鸡群啊！再加上和珅总是能够准确地读懂皇帝的心思，服务得妥帖周到，所以，从乾隆四十年（1775 年）到乾隆四十五年（1780 年），也就是和珅 25 岁到 30 岁之间，在大清官场上出现了一系列令人眼花缭乱的升迁，升迁的主角就是和珅：25 岁，授御前侍卫，正蓝旗满洲副都统；26 岁，授户部侍郎，在军机大臣上行走，所谓"行走"就是学习、实习的意思，在军机大臣上行走，也就是准军机大臣了，同时总管内务府；27 岁，转户部左侍郎，并属吏部右侍郎，还兼任步军统领；28 岁，监督崇文门税务，总管行营事务；29 岁，在御前大臣上行走，成为乾隆的左膀右臂。现在，30 岁的和珅已经是副部级干部了。和珅这种坐火箭一般的升迁速度，难免令朝中大臣们羡慕嫉妒恨哪！乾隆也知道，如果和珅不能干出一些实实在在的政绩，实在是难以服众。所以，乾隆觉得调查李侍尧正好可以给和珅一个锻炼实际工作能力、提高威信的机会，当然，也是给乾隆一个进一步考察和珅的机会。

第二，乾隆认为派和珅去查案，可以使案件"一切尽在掌握"。因为和珅最会揣摩圣意，最能读懂皇上的心思。乾隆认为，只有派和珅去，才能够做到彼此心照不宣，配合默契，把案子办得刀切豆腐——两面光。

就这样，和珅和刑部侍郎喀宁阿拿着圣旨，离开了南巡的队伍，以钦差大臣的身份奔赴云贵两省查案了。对 30 岁的和珅来说，这可是他第一次查办案件，而查办的对象又是皇上十分欣赏的资深总督李侍尧，这件事能不能办好，将直接影响他在乾隆和大臣们心中的形象，进而影响到他今后的升迁。这对和珅来说可是个不小的挑战啊！

那么，面对这项艰巨的任务，和珅是怎么想的呢？他有没有退缩呢？没有。不仅没有退缩，他还把这次查案看作是自己扬刀立威的机会。为什么？

因为和珅心里也明白，自己这几年升迁得太快了，虽然朝中多数人都对他恭敬客气，甚至溜须拍马，但心里肯定不服，许多人觉得他不过是个靠长相和拍马起家的官场"暴发户"，并不认为他有什么真本事。这一点和珅从大家看他的目光中就能敏感地感觉到。所以，他就想利用这次查办李侍尧的机会，亮亮自己的本事，让别人今后再也不敢小看他。

另外，和珅还有一点私心，他想借此机会报复一下李侍尧，因为李侍尧以前总是看不起和珅，搞得和珅心里很不爽。前面咱们讲过，李侍尧是乾隆皇帝赏识的能臣干将，资深总督，还是大学士，位高权重，所以在朝中自我感觉非常好，除了在皇帝面前恭顺，其他人多数都不入他的法眼，对和珅更是嗤之以鼻。史书上说李侍尧因其"年老位高，平日儿畜和珅"。"儿畜"，什么意思？就是视之如儿、视之如畜，李侍尧仗着自己年纪大、地位高，第一不把和珅当朝廷官员，认为他就是个"小屁孩儿"；第二不把和珅当人看，认为他和畜生一样！你说这让和珅怎么受得了？和珅小时候自从父母双亡之后就处处受人欺负，所以勤奋学习、发愤图强，就是想要出人头地，再也不任人欺负，遭人白眼。可现在当上大官了，还是有人轻视他、蔑视他、鄙视他，这真的是让和珅感到太伤自尊了！和珅并不是一个心胸开阔的人，所以对李侍尧也是怀恨在心，只是由于和珅年轻，刚刚发迹，还没有根基，所以暂时还不敢和李侍尧叫板。

现在，既然机会来了，就要紧紧抓住！这次，和珅准备利用这次查案的机会，一方面，在群臣面前树立自己的威信，另一方面，也给李侍尧一点颜色看看!

当然,这些都是和珅自己心里的小九九,能不能达到目的还得看他办案的情况呢。和官场老手李侍尧比起来,和珅毕竟是新手上路,而查办李侍尧绝不是一件容易的事。咱们前面讲了,李侍尧当了20多年的督抚,树大根深,而且他还非常精明能干,他绝不会把自己贪腐的证据丢在路上让和珅去捡的。而要扳倒这位皇帝喜欢的能臣,最关键的就是要有确凿的证据。

一想到证据,和珅立刻想到,必须赶快封锁消息,免得李侍尧听到风声,提前有了准备。好在这一点乾隆也想到了,而且想得比和珅还周到:他不仅派人稽查沿途驿站,发现有人私骑驿马由北往南者一律缉拿审查,以免走漏消息;而且还命令留在京城的户部尚书英廉带人去李侍尧在北京的住宅,干什么?抄家!他想看一看,李侍尧到底有没有贪污,或者,有没有二心。

看到皇上这么配合,和珅就放心了,带着人马踏上了查办云贵总督李侍尧的征程。

按理说,李侍尧的任所在云南昆明,但是出人意料的是,和珅从乾隆身边离开,快马加鞭,一路赶往的竟然不是云南昆明,而是直奔贵州而去。

和珅一行为什么先到贵州呢?因为和珅还有一件重要的事情要办,那就是先去找贵州巡抚舒常。为什么要找贵州巡抚呢?

为了方便大家理解,我先把清代总督和巡抚的关系简单地介绍一下。

清代的总督是正二品官，加尚书衔的就是从一品，掌管一个省或几个省的行政和军政事务。巡抚呢，是从二品，掌管一个省的地方行政事务。所以，无论是品级还是管辖范围，巡抚比总督都略逊一筹。尽管如此，总督和巡抚却可以互相监督。因为按照清代监察法的规定，总督例兼都察院右都御史衔，巡抚例兼都察院右副都御史衔。而每个御史都可以越过上级，直接将监察情况向皇上报告。

所以，云贵总督是既管云南也管贵州的军政一体的长官，是云贵两省的最高领导；云南巡抚和贵州巡抚呢，是只管本省行政事务的本省的最高行政长官。一方面，他们要听从云贵总督的领导，另一方面，他们对云贵总督也有监督的权利和义务。

这就是和珅为什么要先去找贵州巡抚舒常的原因。那么，舒常能不能给和珅提供他所需要的帮助呢？

出师不利

　　情况似乎并不像和珅想象的那么顺利。

　　一到贵州，和珅就拿出乾隆皇帝的圣旨，当众向贵州巡抚舒常宣读了一遍，圣旨说："前因海宁控告李侍尧在滇各款，已派和珅、喀宁阿前往查办，著和珅到黔时，传旨命贵州巡抚舒常一同前往云南，如查有实据，即传旨将李侍尧解任，令舒常署理云贵总督，其贵州巡抚一职，命颜希深暂行署理。"舒常连忙领旨谢恩，然后把和珅让到府衙喝茶。

　　和珅向舒常说："李侍尧在云贵总督任上贪纵营私的事儿被原贵州按察使海宁揭发了，事情在京城传得沸沸扬扬，现在皇上下旨要严查李侍尧。不过，皇上也知道我对贵州的情况不太了解，所以特意让舒大人协助查案，往后，还有劳巡抚大人多多指教啊！"

　　舒常素有清廉之名，和珅以为舒常一定会满口答应，不料舒常却说："和大人，我来此上任还不

尚書額駙公福 字寄

欽差侍郎和 刑部侍郎喀 乾隆四十五年二月初四日

奉

上諭前因海寧控告李侍堯在滇各款已派侍郎和珅喀寧
阿馳驛前往查辦矢著傳諭和珅等於到黔時傳旨舒常
令其一同馳驛前赴雲南將貴州巡撫印務交顏希深暫
行署理如和珅等到滇查辦李侍堯各款內已得有確據
即一面奏聞一面傳旨令李侍堯解任其雲貴總督印務
令舒常署理至顏希深業經降旨令其迅赴貴州昨據奏
報已于正月二十九日自京起程侯其到黔時和珅等即
將此旨宣諭遵辦此旨著由四百里發往諭令和珅等知
之欽此遵

旨寄信前來

到一年，一心做好贵州的工作，对李侍尧的详细情况并不了解啊！"

舒常的回答让和珅大感意外！本来，和珅第一次领了这么重要的差事，当然是要一心办好的。所以他出发之前就仔细谋划了自己的行动计划，并且和皇上商量，为了以防万一，避免自己处于不利局面，应该先取道贵州，取得舒常的帮助和支持。乾隆皇帝大力支持和珅的想法，还专门拟了圣旨给舒常。

本以为有了皇帝的圣旨就可以一路所向披靡，可没想到还是开局不利！舒常好像不太配合。那么舒常到底是怎么考虑的，他怕的到底是什么？

我们不妨站在他的角度分析一下：

第一，舒常与李侍尧同在地方上为官，明白李侍尧的势力有多大。李侍尧虽然人在云南，但影响力却绝不限于云南。他知道，如果自己积极参与调查，万一这次扳不倒他，日后李侍尧就可能找他舒常的麻烦。皇上的圣旨说"如查有实据，即传旨将李侍尧解任"，那万一要查无实据呢？李侍尧和皇帝关系那么好，这种调查是不是走过场、皇帝究竟怎么想都搞不清，怎么能瞎掺和呢？

第二，和珅虽是钦差，但强龙不压地头蛇呀！况且，这个和珅年纪轻轻，他是否真的有本事一举查清案情还很难说呢！

所以，舒常这种态度也是可以理解的。这一点，和珅当然也明白，或者是理解。但是他决不能止于理解，他必须争取舒常，让他成为自己的同盟军和得力助手。到这个时候，对和珅而言，是开弓没有回头箭，只能一步步往前走。而眼前他需要做的就是争取舒常的支持，否则，到了云南工作会更加难做。

瞒天过海

怎么才能获得舒常的支持呢？和珅不愧是在乾隆身边伺候过的人，不但聪明，而且应变能力非常强。眼看舒常要推托这件事情，和珅做出非常理解舒常苦衷的样子，对舒常说："舒大人，您的难处我也知道，不过您要明白，皇上让您协同查案，这是对您的信任啊！我刚才已经当众宣读了圣旨，您和我们共同查办李侍尧一事，贵州的官员们已是人所共知，李侍尧恐怕很快就会得到消息，将您视作敌人了。舒大人是为皇上办事，不要有太多顾虑。只要案件查实，必有您的一份功劳。孰轻孰重，还请舒大人想清楚。"

和珅的意思很明白，一旦查案失败，舒常里外不是人，也不会有好果子吃。在这种时候，只能抱大腿，按照皇帝的旨意来办，毕竟李侍尧是皇帝的臣子，即使日后有什么问题，也是奉旨办事，皇帝会替他撑腰的。

这番话似乎击中了舒常的要害，他思前想后，觉得和珅说得有理，也就放下包袱，全力协助和珅了。舒常对和珅分析说："李侍尧贪污纳贿的风言风语我早就听说过，只是没有证据，不敢妄言。依我看，云南巡抚孙士毅与李侍尧同在昆明办公，知道的情况一定不少。我们可以先从孙士毅那儿找些线索，到时候顺藤摸瓜，不愁案子查不清楚。"

接着，就向和珅介绍了一些孙士毅的情况。听了舒常的介绍，和珅心里就有底了。

考虑到贵州可能有李侍尧的耳目，和珅便使出了"瞒天过海"的招数：一方面，严密封锁驿站消息；另一方面，和官员们绝口不提李侍尧的事情，也从不讨论公事，只是四处游玩，纵情山水，吟诗作赋，似乎被"山美水美人更美"的贵州给迷住了。不过，从他当时所写的诗句来看，和珅对查案的前景似乎并不乐观。比如：

"飞云洞口疑云起，恍若苍龙挟雨行。"

"雾气朝朝郁不开，何年古佛锡风来。"

"山灵不许游踪恋，顷刻飞云罩暮烟。"（《嘉乐堂诗集》，和珅著）

这些句子当时看来是状物写景，但是事过之后回头再看，似乎又是在抒发一种和别人难以直说的心情。

就这样，在贵州待了三天，情况摸得差不多了，舒常也把公务料理交接妥当了。于是，和珅一行就和舒常一起，奔赴此次公务的终点站——云南昆明。

二月下旬，和珅等人风尘仆仆地抵达了昆明。

到了昆明，当然是云贵总督李侍尧和云南巡抚孙士毅率众出城迎接，寒暄几句之后，便将钦差大臣们接到总督府。

针对云贵总督李侍尧和云南巡抚孙士毅这两位朝廷的封疆大吏，和珅和舒常在路上早已商量好了不同的对付手段。

所以，一到总督府，和珅就按照事先商量好的计策，首先向李侍尧宣读了圣旨，宣布将李侍尧暂且革职，要他闭门思过，反省自己的贪渎行为。也就是把李侍尧"双规"了，由舒常暂时署理云贵总督事务。

本来李侍尧就没把和珅放在眼里，如果说开始听到点风声，说有钦差要来查案，心里还稍有点紧张的话，那么后来一听说是和珅来，李侍尧反而放心了。你想：李侍尧当副都统的时候，和珅还没出生呢；李侍尧当广州将军的时候，和珅才5岁；李侍尧当两广总督的时候，和珅才6岁，李侍尧吃的盐比和珅吃的饭都多，你说李侍尧能把和珅这个毛孩子放在眼里吗？

所以，和珅刚宣读完圣旨，李侍尧就大声说："我是冤枉的！一定是有小人在暗算我！我现在就要给皇上上折子！"

和珅一看，李侍尧挺张狂啊！怎么办？先把他稳住再说！

于是假装和气地对李侍尧表示："总督大人不必过于担心，既然有人弹劾您老人家，皇上当然也不能不调查一下。不过您放心，皇上对您的忠心一向是深信不疑，这次也就走个过场，过一段时间调查完了，自然还大人一个清白。您看，皇上圣旨在此，我们是奉旨行事，您也不能抗旨不遵不是？"

和珅的话软中带硬，绵里藏针，既有安抚，又有威胁，一时让李侍尧也无话可说，只好在心里打小算盘。

李侍尧想：和珅说得也不无道理，既然海宁举报了，皇上对我再好，也得走个过场查一查，要不然堵不住大臣们的嘴呀！而且皇上派和珅这么一个啥也不懂的人来查案，恐怕真的就是走个过场了。和珅毕竟还是个"嘴上没毛"的毛头小伙子，又没什么基层工作经验，伺候皇上还行，查办案件可就是菜鸟儿了。骗骗他应该不是什么难事儿。

想到这儿，李侍尧就收起了以前对和珅不屑一顾的表情，装出一脸真诚的样子对和珅说："和大人，我是受了小人的暗算，实在是冤枉啊！您一定要请皇上明察呀！"和珅呢，也是一脸真诚地好言安抚李侍尧。

和珅不是对李侍尧恨得牙痒吗？他不是总想找机会报复李侍尧吗？现在机会来了，和珅怎么反倒客气上了呢？

这就是和珅的过人之处了。在来云南的路上，通过和舒常的交谈，和珅了解到李侍尧久居官场，树大根深，在云南耳目众多。如果初来乍到就严审李侍尧，恐怕会碰一鼻子灰；因为李侍尧不是善茬儿，如果调查组手里没有掌握确凿的证据，那多半儿会什么也问不出来。

所以，和珅就针对李侍尧目空一切、不把别人放在眼里的特点，故意示弱，装出自己对查案工作什么都不懂，而且也并不想真心查案的样子麻痹李侍尧，让他放松警惕。不过，暗地里，和珅却一点儿也不敢大意。

首先，他让舒常接管了总督府和云贵总督的大印，把总督府的侍卫全部换成了自己人，同时对李侍尧好吃好喝好招待，就是不许离开院子一步。

此后几天，大家看到和珅整天游山玩水，好像一个天真的孩子一样对云南少数民族的什么事情都感到惊奇不已："哇！苗族妇女都是赤脚走路啊？真有意思！僮民的头发怎么都蓬蓬着？"（苗妇足双赤，僮民首皆蓬）一高兴，就拿出自己写的游览诗让大家品评，什么"奉使来滇境，山川此地雄。有云皆作雨，无岭不凌空"（《嘉乐堂诗集》，和珅著）等等，一副陶醉于山川美景中流连忘返的样子，对李侍尧贪污的事儿问都不问。

和珅纵情山水的消息传到李侍尧耳朵里，李侍尧觉得自己大可以"任凭风浪起，稳坐钓鱼台"了。为什么？

因为，一方面，李侍尧认为和珅的查案可能真的是走走过场，没有和自己作对的意思；另一方面，李侍尧也暗中做了周密的安排，告诉相关的同僚：我李侍尧是整不倒的，你们千万不要误判形势！得到那些人的保证之后，李侍尧也就放下心来，只等风头过去，自己好官复原职。

果然，尽管和珅也使了一些计谋，但是调查组的调查依然很不顺利。和珅表面上游山玩水，吟诗作赋，不思公务，那都是做给李侍尧的耳目们看的。暗地里，他却派出刑部侍郎喀宁阿率领一帮查案高手、得力干员，去悄悄查访相关的证据线索。

但是，查防的结果很难令和珅满意：尽管李侍尧已经被软禁，但全省上下还是没有一个官员敢于向调查组透露李侍尧贪污的任何情况，更别说提供有用的证据了。可见李侍尧在大清官场的权威之重、影响之深！

寻找突破口

怎么办？经过和舒常商量，和珅认为还是要从性格比较软弱的云南巡抚孙士毅下手。

和珅和孙士毅打过几次交道，加上前面舒常的介绍，和珅了解到这个孙士毅，是浙江仁和人，人很聪明，也非常有文才。作为一个汉大臣，他在和其他的满洲贵族打交道时处处小心谨慎，明哲保身，争取谁都不得罪。所以，尽管李侍尧贪渎的种种传闻他也听说过，有的他自己也确切知道，但是，却从来没有向皇帝汇报过，更没有公开弹劾过李侍尧。而且，与李侍尧的傲慢跋扈不同，孙士毅为人非常谦和，对和珅也一向十分客气。

不过，尽管他对和珅很客气，可和珅对他却一点儿也不客气。选了一个夜深人静的时候，和珅亲自出马，突然来到孙士毅的家里，把孙士毅打了个措手不及。

一见孙士毅，和珅就严肃地向他传达了皇帝的旨意:"孙士毅由军机处行走司员加恩擢至巡抚,李侍尧操守平常,近在同城,岂无见闻,何以不据实参奏?"巡抚孙士毅和总督李侍尧同在昆明办公,督抚同城,本来是应该互相监督的,你孙士毅不聋不瞎,对李侍尧的事难道一点儿都不知道吗?为什么不及时奏报皇帝呢?

听完了和珅传达的皇帝旨意,孙士毅心里是暗暗叫苦啊:本来想明哲保身,没想到现在却是引火烧身了!怎么办呢?孙士毅想,在李侍尧案件没有眉目之前,自己还是不掺和比较好,谁知道皇上是真查还是假查呢?

所以,孙士毅打定主意,只是承认自己监督不到位,有失职的错误,请皇帝处分。其他的,却是什么也不说了。

和珅看出来了,孙士毅是怕连累了自己,所以不敢揭发李侍尧的任何事情。但是,和珅从舒常那儿了解到,孙士毅是案件调查的关键人物,他一定知道许多重要的事情,至少能提供一些重要的案件线索。那么,怎么样才能让孙士毅配合调查呢?

和珅想,必须找到孙士毅的弱点,突破他的心理防线!对,有了!你不是想明哲保身吗?你不是怕被连累吗?那我告诉你,你已经被连累了,现在,只有坦白,才能保身!

想到这儿,和珅就一脸诚恳地对孙士毅说:"孙大人,实话说了吧,我今天是专程来帮你的呀!李侍尧如今犯下的可是滔天大罪,要杀头的!京城的官员都清清楚楚。这件事是海宁捅出来的,你与李侍尧同城为官,本应了解内幕,却没有据实参奏,你能脱得了干系吗？皇上专门下旨，让贵州巡抚舒常协助办案，为何不让你参加？分明是把你当同案犯了！如果你能积极帮助我们调查，到时候我在皇上面前尽量为你开脱，或许你还可以将功赎罪，减轻罪责。只要重新赢得皇上的信任，什么都好说。否则的话，成了李侍尧的同案犯，那可就洗不清罪名啦！"

和珅这样连哄带吓地亮明了当前的形势，言语间还很有为孙士毅考虑的意思。听得孙士毅又是害怕又是感动，终于答应把自己了解的情况全部说出来。和珅一听非常高兴，满心希望能从孙士毅这里钓到大鱼。不过，孙士毅的汇报却让和珅有点失望。为什么呢？原来，一向精明谨慎的孙士毅彻夜未眠，经过反复斟酌，草成的奏稿主旨是极力渲染李侍尧的蛮横霸道，来掩盖他的贪污勒索，同时，也掩盖孙士毅自己瞻前顾后、畏首畏尾的错误。

本来满心欢喜的和珅，看到孙士毅写的交代材料，却一点儿也笑不出来了！

这也是孙士毅谁都不得罪的一种做法，你让我说，我就说，和珅毕竟也是钦差。可是他心里还是怕李侍尧，真正有价值的东西根本没说。不过，要说自己对李侍尧的贪渎行为一无所知，似乎也说不过去，所以，他也只好"举例"说了一个案子，当然，目的还是要证明李侍尧很霸道，自己很无奈。

那么，孙士毅揭发的是什么事呢？

原来啊，一年前，在云南南部的建水县，有一家姓张的富户人家离奇地死了人，官府在调查时，意外地在张家搜出黄金600两，白银 1000 两。后来查明是赃款。这种事情是要逐级上报的，钱财要收缴国库。县衙不敢隐瞒，将案子报给了孙士毅，孙士毅又报给了李侍尧。不料，李侍尧向朝廷上报时却谎称搜到黄金 60 两，白银 7500 两。按当时金银兑换的比率算下来，李侍尧这样以金换银，等于侵吞了 3300 两银子。

孙士毅知道后，感觉十分吃惊，急忙跑到总督府去问情况。但李侍尧却说："我总督办的案件，如有不合，唯我是问，不用你查询！"孙士毅碰了个钉子，便不敢再追问了。

听完了孙士毅的汇报，和珅有点儿失望：因为就这么一件事，并不足以击中李侍尧的要害。不过和珅还是表扬孙士毅配合调查，表现良好。希望他能够继续揭发，或者提供一些更重要的调查线索。最后，和珅拍着孙士毅的肩膀，意味深长地说："这样，我才好在皇上面前为你开脱呀！"孙士毅也听出了弦外之音：只汇报这么点儿事显然过不了关。

无奈，孙士毅只好又给和珅提供了一条重要的线索，孙士毅说："和大人，其他的事我没有确凿的证据，实在不敢随便乱说。不过，李侍尧的心腹大管家张永受应该是一个至关重要的人物，因为李侍尧和他人之间所有的财物礼品往来之事全是由张永受负责经办的。多年来经手李府的财物进出，张永受心里有本明细账。只要能让他招供，整个案件就可以水落石出了。"

和珅一听大喜，立刻命人把李侍尧的大管家张永受抓起来，软硬兼施，想要撬开张永受的嘴巴。没想到这个张永受还真的能忍受，除了一些鸡毛蒜皮的小事，始终没有供出有关李侍尧贪污纳贿的重要事情。

和珅心里这个急呀！这可是皇上交给自己办的第一件案子！如果办砸了，那开头盘算的什么"在皇上面前表现才干啦""在群臣面前扬名立万"啦等等就都别想啦。更别说要报复李侍尧，不被李侍尧反戈一击就不错啦！

就在和珅对张永受的审讯陷入僵局的时候，忽然接到了乾隆六百里加急传来的谕旨，告诉和珅，张永受曾经捎了7000两银子到北京家里。和珅打开谕旨一看，顿时心花怒放！心想：皇上啊！您可真是及时雨啊！有了您这份谕旨，我就不信撬不开张永受这个奴才的嘴巴！

水落石出

　　那么，皇帝怎么知道和珅调查遇阻，而且还送来了六百里加急的圣旨给和珅解围呢？其实，乾隆皇帝没那么神，这事儿就是赶巧了！

　　怎么回事儿呢？原来啊，乾隆为了不走漏查案的风声，不是派人严格盘查从北往南的各个驿站嘛，没想到果然有所收获。前不久，拿获了李侍尧派往京城的亲信家人，当然，他们是在案发之前就已经到京城的，在回云南的路上，去驿站借驿马的时候被抓住的。经审问，得知他们虽然不是送信的，但却是奉了李侍尧的命令，往李侍尧在京城的家里送东西的。其中包括银子5200多两，玉器十件。而且，还帮大管家张永受捎了7000两银子到北京家里。

　　就是张永受捎的这7000两银子引起了乾隆的高度警觉：所以，立即派人将此事六百里加急告诉和珅，要和珅严审张永受，查一查这个"奴隶贱人，为何积银竟有如此之多？！"张永受虽然是李侍尧的大管家，但身份却是奴隶，下人。一个知县一年的工资才45两银子加禄米45斛，再加上养廉银也就400—2000两银子。一个奴隶一下子就往家里捎7000两银子，他怎么能有那么多钱呢？

和珅拿着皇上的谕旨，再次审问张永受："你这7000两银子是哪儿来的？是偷来的还是骗来的？按《大清律》规定，盗窃银子120两以上就是死罪。你要说不清楚，那我就按你是盗窃论罪，7000两！你死十次都打不住！"

这可把张永受吓坏了，连忙说："不是偷的！是我家主人赏给我的！"

"那你家主人为什么要赏给你那么多钱呢？"和珅紧追不放。

张永受看蒙混不过去，只好说是有些过年过节给主人送礼的，同时也给他送一份；有时候帮主人办一些事，主人也会给他一些奖赏。

"那么都有谁给你家主人送过礼？你帮你家主人办的事儿又是什么？"和珅毫不放松，一阵穷追猛打。

可这个张永受又说自己每天经手的事太杂，人太多，记不清楚了。

"记不清楚了？好吧，我帮你回忆回忆！"和珅拿出了军机处提供的海宁的口供，一条一条和张永受对质，终于撬开了张永受的嘴巴，得到了自己想要的东西。

和珅命人把张永受的供词一一记录在案，然后迅速传唤相关当事人，也就是张永受供出来的给李侍尧送大礼的那些人。和珅把这

尚書額駙公福 字寄

欽差侍郎和 侍郎喀 乾隆四十五年二月二十五日奉

上諭李湖奏鹽道紀淑曾等截獲李侍堯摺差張曜尹适供

上年十一月內李侍堯差送銀五十二百餘兩并玉罷十

件四家管門家人張永受亦託帶銀七千兩於正月到京

交清等語已有旨諭令英廉徹底查究并傳諭李湖將劉

鳳翼張曜尹适等解京審訊矢張永受現在雲南著傳諭

和珅等嚴訊張永受何以積銀竟有七十餘兩之多再查

該犯如有應行留滇質訊之處即留候訊明後解京若滇

省現無應訊該犯之事即選派妥員將該犯張永受嚴行

押解到京交與英廉質訊歸案辦理將此由五百里傳之

李湖摺及英廉摺並著抄寄閱看欽此遵

旨寄信前來

些人叫来，把张永受的供词拣主要的念了几段，警告他们说："各位也知道，行贿与受贿同罪。朝廷现在已经准备处理李侍尧了，你们也被张永受供出来了。坦白从宽，抗拒从严，现在，如果你们再不揭发李侍尧的罪行，配合朝廷查案，就没有机会减轻罪责了！"

在这种情况下，这些有劣迹的官员为了自保，纷纷倒戈一击，揭发李侍尧贪污受贿的罪行，并再三声明，自己是迫于李侍尧的淫威，才被迫行贿的，实在是迫不得已呀！

就这样，和珅通过外围深入细致的工作，已经基本上将李侍尧的贪污受贿之事查清了。一切准备就绪，三月初，和珅这才在总督府的大堂上摆好公案，提审李侍尧。先前李侍尧已经在"闭门思过"，也就是被软禁起来了，所以对后来的情况不太了解。刚刚来到堂上，还想强词争辩，和珅也不和他啰唆，命人把张永受和那几个行贿的官员带上堂来，一一和李侍尧当面对质。先问张永受，和珅每问一句，张永受就机械地回答一句，李侍尧的心也就往下一沉。等和珅把所有的人都问完之后，李侍尧沉默不语，并不是害怕，而是在心里紧张地盘算：把这些人交代的事儿加到一起，也就三四万两银子，现在贪污受贿的人太多啦，三四万两银子对一个总督来说简直就不算个事儿！就凭我和皇上的感情，皇上绝对不会为了这点儿银子而杀我的！顶多坐几年牢，无所谓啦！想到这儿，李侍尧心里就有底了。看到眼前的事无法抵赖，也就只好低头承认了。和珅随即将审讯情况写成奏折，上报皇上。

三月中旬，南巡到江苏境内的乾隆收到了和珅八百里加急送来的奏折，里面详细汇报了所查明的李侍尧贪污、索贿、纳贿等情况。

经查，在李侍尧的管辖范围内，官位要贿赂才能得到，事情要贿赂才能办成。而李侍尧收受贿赂的手段也是五花八门。

有时候，李侍尧是以红白喜事、寿诞、建房等为借口，大肆收贿。乾隆四十三年（1778 年），张永受赴京为李侍尧督办建造新房子，一位叫素尔方阿的通判闻讯立即拿 5000 两银子奉上，一个叫德起的知府也送银 5000 两，这 1 万两银子都秘密交给了张永受，再由张永受转交。

有时候，李侍尧是借办贡之机搜刮银两。有一次，李侍尧准备到苏州给皇上置办贡品，事先故意放出风来，按察使汪圻立刻凑了 5000 两银子送来，东川知府张珑送来 4000 两，道员庄肇奎送来 2000 两。

有时候，李侍尧甚至利用职务之便，巧取豪夺。比如，李侍尧有两颗名贵的珍珠，成了他敛钱的“聚宝盆”。他吩咐张永受将这两颗珍珠代为“出售”，张永受找了昆明县的两个官员为买家，二人不敢不买，一个以 2000 两银子的价格买下，另一个以 3000 两银子的价格买下。李侍尧 5000 两银子成功到手。荒唐的是，不久之后，在张永受的暗示之下，这两个人又把珍珠奉还给了李侍尧，李侍尧又可以把珍珠再卖给别人了。这哪里是卖珍珠，分明是抢钱哪！

就是通过上述这些敛财的手段，以及前面讲的以金换银等其他手段，李侍尧贪污纳贿总额达到 3.5 万两银子！

网开一面

乾隆皇帝看到和珅的这份奏折，不禁火冒三丈！心想：李侍尧啊李侍尧，你怎么能干出这种事来！真是让朕做梦都想不到啊！你说你一个堂堂总督，竟然强卖珍珠给下属，事后又把珍珠收回来，你简直是连市井小人都不如啊！

不过，尽管乾隆皇帝这么生气，到真要处罚李侍尧的时候，他又有点儿犹豫不决了。为什么呢？有三个原因：

一是乾隆觉得李侍尧的确是大清国不可多得的人才。

大清国虽然人才济济，但是让乾隆觉得好用并且喜欢用的却并不多。看看朝中大员，现任首席军机大臣福隆安体弱多病，已经不堪重任；阿桂倒是文武全才，但是现在主要靠他带兵打仗；和珅倒是机敏过人，但毕竟年轻，不够沉稳；除此之外，就只有李侍尧算是个能办事的"干将"了。

　　为什么要让李侍尧以大学士出任云贵总督？就是因为前几年西南边陲局势不稳，邻国缅甸在云南边境屡生事端，派了几位大将过去，都不能解决问题，反而损兵折将，搞得大清国颜面尽失。不得已，乾隆才派李侍尧出任云贵总督，坐镇南疆。李侍尧担任云贵总督期间，建议联合暹罗以牵制缅甸，对缅甸经济封锁加军事威慑，同时积极推动大清国和缅甸为结束敌对状态而进行谈判。李侍尧协助大学士阿桂，对举棋不定的缅甸头人"断接济，绝侦探，以示威德，不予迁就"，促使其回到谈判桌上，为实现两国关系正常化奠定了基础，赢得了西南边疆的安宁。

　　正因为如此，乾隆觉得，因为 3.5 万两银子而杀掉一员大将有点可惜。

　　二是李侍尧的贪贿金额，3.5 万两，说大不大，说小不小。

　　在清代，《大清律例》中没有"贪污罪"这个罪名，与现代贪污罪相似的，是"监守自盗仓库钱粮"。本来根据《大清律例》的规定，犯这种罪，是赃至 40 两，斩。但是在司法实践中，随着生活水平的提高和工资物价的上涨，贪官们贪污的数额也越来越多，如果 40 两就斩的话，恐怕没几个官员能活着了。所以，雍正三年（1725年），针对这一律条又附加了一个"例"，即"凡侵盗钱粮入己，自 1000 两以下，仍照监守自盗律拟斩，准徒五年；数满 1000 两以上者，拟斩监候，秋后处决，遇赦不准援免"。也就是说，贪污 1000两以下的，可以用五年徒刑抵死罪，1000 两以上的，判处斩监候。李侍尧以金换银 3300 两，属于监守自盗，仅这一条就够得上斩监候了。

那么对于贿赂罪呢，《大清律例》对于贿赂罪的处罚要严于贪污罪。清代对于贿赂罪分为"枉法赃"和"不枉法赃"两种，也就是说，如果官员收受贿赂并为对方谋取利益了，那就是"枉法赃"，赃至 80 两就是死罪，绞刑；如果只收礼而没有为对方谋取利益，就是"不枉法赃"，赃至 120 两以上处绞刑。但在司法实践中，量刑的金额也加倍了，也就是枉法赃超过 80 两，不枉法赃超过 240 两才处绞刑。

如果依法治罪，李侍尧贪贿金额总共 3.5 万两，死个十次八次都够了。但是，当时的情况是，官员们从上到下，贪贿成风，3 万多两银子对一个总督这样的封疆大吏来说，又的确是小菜一碟。这一点乾隆心里很清楚。那么，对李侍尧是依律处斩还是网开一面呢？乾隆心里有点儿纠结。

更让乾隆纠结的是第三个原因：他收到了从京城发来的负责到李侍尧家抄家的英廉的奏报。

抄家的结果显示，李侍尧不仅没有二心，而且还绝对忠诚！英廉报上来的抄家清单中，银子不算太多，但奇珍异宝却不少。比如，有"黄金佛三座，珍珠葡萄一架，珊瑚树四尺者三株"……乾隆皇帝虽然马上就要进入古稀之年了，不过记性倒还不错。他分明记得，这些东西都是以前李侍尧进献的贡品。按清朝皇室的规定，所有的贡品，一般都按进三退一的成例收纳，也就是说，对于大臣的进贡，皇上一般只留下 2/3，剩下的 1/3 退还给进贡者，以示恩宠。

但退回的贡品，官员不能挪作他用，一般是在该官员死后，由其家人再交给内务府。说到底，那些东西还是皇帝的，先在你们家放放而已。乾隆看着抄家的清单，心想，这些贵重的宝物都是我退给李侍尧的贡品，不能算贪污啊！

更让乾隆感动的，是英廉报上来的另一份奏折。英廉报告说，三月初二，有一个李侍尧的家人叫喜儿的，自行投到官府，供称："刚开了年，我家主人就差我从云南进京，交给我一张贡单，准备照此单备办万寿贡物。没想到到京之后，见李家已被封了门，知道李总督坏了事，所以特来投案。"随着奏折送到的，是李侍尧那些准备采办贡品的贡单。也就是说，刚进入正月，李侍尧就开始为乾隆的七十大寿准备贡品了。要知道，乾隆七十大寿要八月份才到啊！再看那些贡品清单，光是珍贵的玉器、瓷器、木器就有80多件，怎样收集，怎样护送都有详细规划。乾隆拿着贡单不住地点头：看来，李侍尧真是孝心可嘉呀！

不过，再往下一想，乾隆又开始摇头了，为什么？您想啊，这么多精美的贡品要值多少钱？李侍尧就凭他的工资加养廉银能不能买得起？乾隆又不是傻子，一看抄家清单和贡品清单，他就知道，李侍尧贪污纳贿的大部分钱财，都用来给他置办贡品了。但令乾隆感动的是，李侍尧的供词中却根本没提办贡的事儿！这显然是在维护皇帝的脸面。如果因为3.5万两银子就把李侍尧杀了，是不是有点太可惜了？他的功劳和忠心难道是这区区3.5万两银子就能买到的吗？但是，如果不杀李侍尧，似乎也于法不合。毕竟这次彻查李侍尧搞得动静有点儿大，又是北京抄家，又是云南调查，搞得上上下下都知道了。皇上也不想让大家说自己有法不依呀！况且，这李侍尧太狂傲跋扈，也得敲打敲打他，让他懂得收敛。

乾隆皇帝左思右想也没什么好办法，最后干脆不想了，算了，让和珅先提个方案吧！那么，乾隆为什么要先让和珅提方案呢？

第一，和珅最懂皇上的心思。看到和珅奏报李侍尧贪贿总额3.5万两，乾隆就知道和珅听懂了自己的话。和珅临行前，乾隆曾告诉他一定要以海宁的揭发为线索，一查到底！言下之意就是说以海宁所举报的事情为查案范围，别的事儿就不要涉及了。而和珅所报的李侍尧的罪行也的确是基本上以海宁的举报为限，要不然李侍尧的贪贿金额怎么可能只有区区3.5万两呢？连他的家人都一次就往家捎7000两银子，何况他本人呢！所以，乾隆觉得和珅这小伙子真是太聪明了，太善解人意了！所以，他想继续看看和珅还能有什么高招儿。

第二，由和珅先提方案，乾隆自己就有了回旋的余地，可进可退，不管他提的方案如何，乾隆都有话说。

就这样，几天之后，和珅就收到了乾隆的谕旨："李侍尧身为大学士，历任封疆，负恩婪索，朕梦想不到。夺官……交和珅等严审定拟具奏。"就是让和珅等人将李侍尧革职拿问，进一步严审并拟出审判意见。

接到谕旨，和珅心里想：皇上又在给我出题目了。怎么处理李侍尧，我还真得好好想想，千万不要考砸了！

其实，从接到调查李侍尧的任务开始，和珅就在不停地琢磨皇上的心思：皇上为什么要大张旗鼓地调查李侍尧？因为海宁私下跟别人讲了许多李侍尧的劣迹，大家议论纷纷，皇上不查不行。当然，这样做也可以敲山震虎，杀杀李侍尧的傲气，同时震慑一下其他的督抚。那么，皇上为什么要意味深长地说"一定要以海宁的揭发为线索，一查到底"？他这么说，其实是不想把事情搞得不好收拾吧？他可能是希望就事论事，把案件控制在一个可以接受的范围之内。

正是基于上述考虑和猜测，所以和珅一方面雷厉风行拿下了李侍尧，另一方面，又只是以海宁的举报为调查范围，别的问题，绝不主动涉及。这样，文章按皇上的意思做了，但又不是大块文章，如何收场，一切都听皇上的。

和珅满以为自己可以圆满交卷儿了，没想到皇上又出了一道考题。看来这文章还得继续做下去。那么，究竟应该如何给李侍尧量刑呢？

要按和珅自己真实的想法，既然办了李侍尧的案子，那就要把他办成死罪，最好是斩立决！只有这样，才能享受到复仇的快感，才能彻底洗刷自己以前被李侍尧蔑视的耻辱！但是，和珅之所以成为和珅，就是因为他太聪明了！他明白，李侍尧的生死，别人说了不管用，皇上说了才算。最重要的不是李侍尧"应该"如何判决，而是皇上"想要"如何判决。

那么，皇上究竟想要如何判决呢？和珅一时也拿不准了。因为一直以来乾隆对大臣的贪腐行为都非常痛恨，从他执政之初就一再强调，"人臣之所最尚者唯廉"，就是说廉洁是臣子最重要的品德。乾隆不仅一再对大臣们说自己对于贪污腐败是深恶痛绝，而且对贪官污吏的处罚也一向非常严格。例如，乾隆六年（1741 年），对收受贿赂仅千两的兵部尚书鄂善处以死刑；乾隆二十三年（1758 年），将侵吞公款 2 万两的蒋洲处死；乾隆三十七年（1772 年），将勒索下属金玉的云南布政使钱度处死……

所以，无论是比照法律规定还是比照先例，无论是根据乾隆对贪腐的态度还是根据他以前对贪腐官员的处罚力度，似乎都应该判决李侍尧"斩立决"。

但是，和珅仔细揣摩乾隆的想法，似乎从海宁揭发李侍尧开始，从皇帝的种种细微表现来看，他似乎只恨腐败，但对李侍尧这个人，却并没有什么大的成见，甚至还有些想要袒护的味道。因为，乾隆的周围，并非只有他和珅一个人是皇上的宠臣。这个李侍尧，就不仅是会讨皇上欢心的宠臣，而且是皇上依靠的股肱之臣！而且，他还年年精心为皇上办贡，把自己贪污的大头都奉献给了皇上。那么，对于这样一个忠心耿耿的大臣，皇上会舍得杀吗？

就在和珅前思后想犹豫不决的时候，有一个审讯中的细节忽然像闪电一样在他脑子里闪了一下。就是这个细节，促使和珅下了判决的决心。

什么事呢？原来，在审讯李侍尧的过程中，有一个细节引起了和珅的注意。那就是，尽管李侍尧对自己的犯罪行为供认不讳，但是却绝口不提他的贪污受贿和进贡有关。"为了办贡，迫不得已"，这本来是一个很好的为自己开脱的借口，而且事实本来也大体如此，因为他贪污受贿的一多半儿都用来给皇上进贡了。但是，李侍尧就是不提进贡的事儿，"把所有问题都自己扛"！你说，这种时刻不忘维护皇上的颜面，而且超级有才、超级会拍的大臣，乾隆能舍得杀掉吗？

经过一番前思后想，和珅最终认为，李侍尧按律当斩，其罪行应判斩立决，死刑立即执行；但是，皇上未必会下决心杀掉李侍尧。所以，和珅决定给自己和李侍尧都留下点余地，提议判处李侍尧斩监候，也就是死刑缓期执行，先行囚禁，到秋后复审，再决定是否执行死刑。

不过，对于这样的判决意见，和珅的幕僚却大呼不可！为什么呀？因为和珅查办李侍尧已经把他得罪到家了，加上二人以前就有过节儿，此时若不斩草除根，等哪天李侍尧翻身得解放了，和珅还会有好果子吃吗？

但是和珅不这么认为。他说："查办李侍尧那是皇上的旨意，谁也抗拒不了，我也不过是执行皇命而已。李侍尧如果不死，必定知道我在查案时已经放他一马了，也必定会知道是我和珅提议的斩监候，他到时候感激我还来不及呢！况且，就李侍尧那种不可一世的傲慢劲儿，他得罪的人绝对不止我一个，想让他去死的也绝对不止我一个。只要九卿会审时把李侍尧的罪状呈上，自然会有大臣要求皇上处死李侍尧！"

高！实在是高啊！幕僚们对和珅的聪明是佩服不已啊！就这样，和珅等人按照皇帝的旨意，再次审问李侍尧。李侍尧对自己所犯的罪行供认不讳，和珅拟出判决意见："斩监候，夺其爵以授其弟奉尧。"并上报朝廷。

不过呢，和珅所拟的，只是一个初审的判决意见。因为李侍尧是大学士兼总督，级别很高，他的案子就属于特别重大的案件。按规定，这种特别重大案件都必须经过九卿会审才能最终定案。所谓"九卿会审"，是指遇有特别重大或特别疑难的案件，皇帝会召集中央九个主要部门的主官，即六部尚书、大理寺卿、都察院左都御史、通政使司通政使共同审理或进行复核审议。如果皇上觉得有必要，也可以召集亲王、大学士等参加，即大学士、九卿会审。

乾隆有心免李侍尧一死，所以，在将李侍尧交大学士、九卿会审的时候，把和珅所拟的"斩监候"的判决意见一并交给大家讨论，其实也就是暗示大家：就按照和珅的意见判吧！

没想到，会审的结果却大大出乎乾隆的意料之外！

不知道是由于和珅资历太浅大家没把他的判决当回事，还是由于李侍尧平常傲气太盛，得罪的人太多，或者是由于大学士九卿们没有领会皇上的意图，所以坚持依法量刑裁判，反正，这次大学士、九卿会审不仅效率很高，而且意见也格外集中，大家一致认为：和珅所办李侍尧一案，证据确凿，事实清楚，但是量刑过轻，应依法改判为"斩立决"。

乾隆皇帝还在从南巡回京的路上，就接到了大学士、九卿会审的结果。乾隆心里那个气呀！心想：这帮大臣真是一堆木头！为什么就不能像和珅那样，对我的暗示心领神会呢？难道非要我明说不可吗？作为皇帝，我当然有权乾纲独断，赦免李侍尧的死罪，不过，总得有个合适的理由啊！否则，何以服众呢？和珅虽然拟判斩监候，但是没有说出充分的理由，所以，其判决被大学士九卿所否定也是正常的。如果现在有人替李侍尧求情也行啊，这样，我就可以顺水推舟，就坡下驴啦。可是现在什么都没有，怎么办呢？

乾隆就这么一路想一路走，不知不觉，南巡回銮的车驾已经进入直隶境内，直隶总督和相关大臣都来接驾。这个场面使乾隆忽然想起一件事：不久之前，南巡路上，湖广总督富勒浑前往江南行在接驾，当时，正赶上钦差大臣和珅审拟李侍尧一案的奏折送到。皇上借召见之际，询问富勒浑对李侍尧一案有何看法。富勒浑当时说："李侍尧历任封疆，实心体国，认真办事，在各省督抚中并不多见。臣以为李侍尧虽晚节不够谨饬，但罪不至死，若皇上开恩弃瑕录用，将来未必没有其报恩之处。"就是说，他的意见是免李侍尧一死，帝王之术是"使功不如使过"，这次饶了李侍尧，将来他一定会更加死心塌地地报答皇上的恩情。

当时呢，因为乾隆自己还没拿定主意，所以对富勒浑的意见不置可否，没有表态。现在乾隆想起这件事，一下子对富勒浑充满了希望：为什么没人为李侍尧求情呢？一定是因为没有合适的机会呀！现在，我就给你们创造一个求情的机会，我就不信没有一个人求情！乾隆决定用富勒浑来促使事情向着自己希望的方向发展。

于是，乾隆立刻将和珅和大学士九卿会审的审判意见都传给各省的总督、巡抚，要求他们对李侍尧一案深入研讨，各抒己见，并对上述两种审判意见说出自己明确的看法，不得模棱两可。乾隆是这样想的：如果将如何处置李侍尧一事放在数十名总督巡抚中再核议一番的话，他们之中至少有富勒浑会站出来反对将李侍尧即行斩决，如果反对斩立决的不止富勒浑一个，那就更好了。那我就可以顺水推舟，改变大学士、九卿会审的判决结果啦！

为了让督抚们明白自己的心思，乾隆又发了一道长长的谕旨。当然，话不能明说，但还是充满了暗示。他是这样写的："李侍尧历任封疆，在督抚中最为出色，……乃不意其贪渎营私，婪索财物盈千累万，……朕实意想不到……今李侍尧既有此等败露之案，天下督抚又何能使朕深信乎！……各督抚须痛自猛醒……人人以李侍尧为炯戒，则李侍尧之事未必非各督抚之福也。"意思是说，李侍尧这么优秀的官员都出事了，你们其他人我还敢相信谁呢？你们一定要警醒啊！要以李侍尧为戒，否则，李侍尧的今天就是你们的明天。

乾隆皇帝费尽心机，就是想要引导督抚们为李侍尧说说情。但是，引导的结果，却是又一次让乾隆品尝了"出乎意料"的滋味！

这一次，乾隆真的是有点弄巧成拙了。上谕一开头，就说李侍尧在督抚中最为出色，在乾隆看来，这是暗示皇上对李侍尧的赏识，但是在督抚们看来，却是贬低了他们。再加上乾隆又说天下督抚我还能相信谁呢？为了表明自己的清正廉洁，督抚们纷纷与李侍

乾隆四十五年五月初七日奉

旨大學士九卿核議尚書和珅等審擬李侍堯貪縱營私各

款將原擬斬候之處從重改為斬決一摺李侍堯歷任

封疆在總督中最為出色是以簡用為大學士數十年來

受朕倚任深恩乃不意其貪黷營私婪索財物盈千累萬

甚至將珠子賣與屬員勒令繳價復將珠子收回又飭員

調回本任勒索銀兩至八千餘兩之多現在直省督撫中

令屬員購買物件短發價值及竟不發價者不能保其必

無至如李侍堯之贓私累累蹧蹋閱蕩撿實屬朕意想而不到

今李侍堯既有此等敗露之案天下督撫又何能使朕深

信乎朕因此案實深慚憫近又聞楊景素聲名亦甚狼籍

但其人已死若至今存未必不為又一李侍堯也各督撫

須痛自猛省毋謂查辦不及倖逃法網輒自以為得計總

之有則改之無則加勉觸目警心天良具在人人以李侍

堯為炯戒則李侍堯今日之事又未必非各督撫之福也

所有此案核擬原摺即著發交各督撫閱看將和珅照例

原擬之斬候及大學士九卿從重改擬斬決之處酌理準

情各抒己見擬具題毋得游移兩可至各省督撫衙門

購買物件除家人長隨例應關防不准出署外其各衙門

原有設立買辦聞今多有交首縣買辦及中軍買辦之事

究以如何辦理方可不致滋弊並著各督撫一併據實具

奏將此通諭中外知之欽此

尧划清界限，为了表明自己对腐败的深恶痛绝，督抚们更是纷纷表示：对李侍尧这样的贪官一定要杀无赦、斩立决！

就连那个让乾隆寄予厚望的、曾经建议免李侍尧一死的湖广总督富勒浑，这次也改了口，坚决地声称：判李侍尧斩立决是正确的，是李侍尧罪有应得的结果。

原来，上一次富勒浑在皇帝面前说，应该免李侍尧一死，皇帝当时没表态。后来富勒浑琢磨着皇帝不吭气儿，是不是因为我说错了？所以，这次急忙抓住机会改正错误。想不到他这一变卦，却把乾隆给闪了！

就在乾隆火冒三丈又不知如何是好的时候，终于有一个人读懂了皇帝的心思，并凭着他的聪明给皇帝解了围。

这个人就是安徽巡抚闵鹗元。闵鹗元是浙江人，乾隆十年（1745 年）的进士，曾当过刑部主事和按察使，所以对法律事务还是相当熟悉的。看到让各省督抚针对李侍尧一案各抒己见的上谕，精敏过人的闵鹗元反复推敲，认真揣摩。他想：按说大学士、九卿会审就是终审了，他们判了死刑的案件，皇上只要勾决就行了。如果皇上觉得有问题，他可以直接改呀。乾纲独断嘛！为什么要费这么大的劲儿让督抚们讨论呢？这在以前可是从来没有过的事啊！看来，皇上并不想杀李侍尧，但是，又不想让大家觉得他不依法办事，所以，他想让大臣们替他把心里的话说出来，同时，把不杀李侍尧的理由也说出来。毕竟，皇上还要维护"缘法而治""尊重法律"的形象嘛。

就这样，闵鹗元考虑再三，终于写了一份自认为万无一失的奏折报给了皇上。开头先说："臣伏读谕旨……仰见我皇上明慎用刑，不使少有畸重畸轻，并交臣等核议，俾各知儆惕，痛至猛省知至意。"就是说，皇上一贯用刑慎重，不允许有一点儿过轻或者过重的判决，交给我们讨论，是要告诫我们引以为戒，真是用心良苦啊！着实把皇上吹捧了一番。

然后，说和珅和大学士、九卿的判决都是依法办事，都有各自的道理。您看，方方面面都照顾到了。

最后，才说出自己的"拙见"："李侍尧历任封疆，其办事之勤干有为，实为中外所推服。……查律例开载八议条内有议勤、议能之文，是国家慎重刑章，原有功过相权之典。今李侍尧晚节有亏，而勤劳久著，可否稍宽一线，不立予处决，出自皇上天恩。"什么意思呢？简单说就是希望皇上能依据"八议"的规定，考虑一下李侍尧的功劳和能力，对李侍尧适当减刑。

那什么是"八议"呢？

"八议"是中国古代由皇亲国戚、官僚贵族所享有的一种司法特权，即对法律规定的八种人犯罪必须交由皇帝裁决或依法减轻处罚。这一特权制度起源于西周时期的"八辟（bì）"，到三国曹魏时期正式写入法律，以后历代相沿，一直到清末变法修律的时候才被废除。在中国可谓历史悠久。

"八议"所说的八种人：一是议亲，即皇上的亲属，当然这个亲属有一定的范围，要不议不过来啦；二是议故，即皇家故旧之人，皇帝家的老朋友；三是议贤，即有大德行的贤人君子；四是议能，即有大才能者，就是能整军旅、治政事，是皇帝的左膀右臂；五是议功，即有大功勋者，就是能斩将夺旗，摧锋万里，或开疆拓土、率众归来者；六是议贵，即爵一品、文武职事官三品以上、散官二品以上的官僚贵族；七是议勤，即有大勤劳者，就是谨守官职，早夜奉公，或出使远方、历经艰难的人；八是议宾，即承前代之后被尊为国宾的人。上面这八种人犯罪之后，一般可以在奏请皇上批准之后，减免刑罚。当然，如果他犯的是"十恶不赦"的大罪，或者皇上不批准，那就不能减刑了。

闵鹗元所说的"议勤""议能"，正是上述"八议"中的两种，这就给李侍尧减刑，找到了新的法律依据。

"八议"制度既然是法律的明文规定，那乾隆和其他大臣为什么都没想到呢？

那是因为，过去的乾隆和乾隆之前的几任皇帝都偏重从严治官，所以很少在司法实践中适用"八议"制度，雍正就曾经说过：我朝律例虽然载有八议之条，但并没有实行过，这是有深意的呀！所谓深意，实际就是要求高官显贵要率先守法。正因为多年来很少使用，所以乾隆和大臣们几乎都将这个"八议"制度忘掉了。

但是闵鹗元的奏折却一下子提醒了乾隆！

看完闵鹗元的折子，乾隆终于长长地舒了口气：写得好啊！看来让督抚们讨论是正确的。总算有人为李侍尧说话了！

其实，在所有总督巡抚中，也只有闵鹗元一个人为李侍尧说话。其他人里除了一个"游移两可"的，全都主张"斩立决"。

但就算有一个人求情，乾隆也可以有台阶下了，而且还于法有据。所有，乾隆立即抓住机会，做出了决断：十月，乾隆皇帝向天下诸臣颁布了明发谕旨，宣布暂缓处决李侍尧。谕旨说："闵鹗元以李侍尧历任封疆，勤干有为，为中外所推服，请援议勤议能之文，稍宽一线具奏。是李侍尧一生之功罪，原属众所共知。诸臣中既有仍请从宽者，朕也不肯为已甚之事。"就是说，既然闵鹗元依据"议勤""议能"的规定为李侍尧求情，那我也不能做得太过分，就免他一死吧！

最终，李侍尧的案子，在乾隆皇帝的"亲切关怀"下，就这样"圆满"地结案了。

"善解人意"的闵鹗元受到皇帝的嘉奖，被调到富庶的江苏去当巡抚了。

"善解人意"的和珅更是飞黄腾达，还在从云南返京的路上，就被提拔为户部尚书了。回京之后，紧接着又得到了"在议政大臣上行走"殊荣，不久又被实授为"御前大臣"。这些都是因为和珅这次查办李侍尧的差事办得好。可见，办理李侍尧案件对和珅仕途的发展影响是很大的。

但是，我觉得，这次办案，对和珅的思想和心理影响更大。常言道，榜样的力量是无穷的。李侍尧简直就是一个力量无穷的超级偶像，吸引着和珅放下一切包袱，向贪官之路迈进。为什么这么说呢？

因为在办理李侍尧案之前和之中，年轻的和珅不但不是贪官，而且还可以说是一个非常有责任心的好官。和珅在去云南查案的过程中，不仅迅速妥善地处理了李侍尧的问题，而且，还利用"游山玩水"作掩护，深入民间，调查了当地的吏治和民生情况，并经过认真的思考，向皇帝提出了可行的解决办法。后来清政府整顿云南采办铜料问题，查禁私盐、私钱的相关政策，都是和珅提出来并加以解决的。

但是，在查办李侍尧案之后，和珅看到，本来该死的李侍尧不但没死，而且还越混越好，迎来了其政治生命的第二春！

乾隆四十六年（1781 年），也就是李侍尧坐牢的第二年，因为甘肃爆发起义，皇上特旨将李侍尧放了出来，并赏给他三品顶戴、孔雀翎，让他到甘肃镇压起义。

李侍尧不仅干净利索地把起义很快平息下去，而且还和阿桂、和珅等人一起，在甘肃查出了一件清朝有史以来最大的集体贪污案——也就是"甘肃冒赈案"！（当然，此时的李侍尧，是再也不敢小看和珅了。）

李侍尧奉旨清查甘肃各地粮仓，发现甘肃仓库亏空粮米 100 多万石，而这，正是地方官员以赈灾济民的名义，上下勾结，假报灾情，"捐监"舞弊，肆意侵吞造成的恶果。

此案牵连布政使及以下各道、州、府、县官员 113 人，追缴赃银 280 多万两，22 名贪官被正法，几乎把甘肃全省官员"一锅端"了！

办事能力超强、以办理复杂事务出名，且深通官场腐败奥秘的李侍尧在办案中有上佳表现自不待言。就这样，李侍尧平乱、查案屡屡立功，没几年就又坐上了总督的宝座，而且还加封"太子太保"。但他还是改不了贪渎的恶习，经常因为贪渎而触犯法律。但乾隆皇帝每次都怜惜他的才干过人而保全了他的性命。《清史稿》称李侍尧虽"屡以贪黩坐法，上终怜其才，为之曲赦"。最后，李侍尧还因为立功被图形紫光阁，就是把他的画像挂在紫光阁里，位列乾隆朝的前 20 位功臣之一。

李侍尧案就像一块巨石扔进湖里，荡起的涟漪由近及远，深刻影响着人心，特别是影响着办案者和珅的思想。而甘肃冒赈案的结果，更加坚定了和珅向李侍尧学习的决心。

我们前面讲了，这个清朝有史以来最大的集体贪污案，和珅和李侍尧都参与了调查。李侍尧干得漂亮，和珅干得也不差。但是，案中涉及的一个人，却让和珅的心里隐隐作痛。

此人就是甘肃布政使王廷赞。王廷赞任甘肃布政使之前，曾做过安定县知县，也曾廉洁奉公，也曾为安定县百姓做过不少好事，至今在定西地区还有一座残留的"王公桥"，这是老百姓对这位架桥修路、造福一方的"清官"的赞誉。

但是在接任甘肃布政使后，王廷赞发现，自己的清官当不成了！因为，前任布政使王亶望主导的冒赈捐监、贪污舞弊之事已经蔓延全省，王亶望不仅自己贪污，而且从总督到州县官均给分肥。大家成了一个利益共同体。想要停捐，绝无可能！而且，捐监的收入，大家都要你不要，那根本就无法在甘肃官场立足！另外，王廷赞也实在经不住利益的诱惑，于是，就和大家一起同流合污了，但是心里一直忐忑不安。

乾隆皇帝派员查办甘肃案子，和珅也在其中，王廷赞与和珅私交很好。和珅到兰州后，王廷赞如同抓住了一根救命稻草，请其出谋划策。和珅让他交出一些银子，资兵饷，赈贫民，以掩人耳目，减轻罪责，当办案官员奉旨对其家财查抄时，也就所剩无几。

但是，这样做并没有能够让王廷赞保住性命。案子查完后，乾隆皇帝发了话："甘肃此案，上下勾通，侵帑剥民，盈千累万，为从来未有之奇贪异事。案内各犯，俱属法无可贷。"紧接着，陆续降旨，将冒赈至2万以上的22名官员全部处死，王廷赞也被判处绞刑，死了。

这个结果真的让和珅感到震撼！别人贪污2万两就被处死了，李侍尧贪污3.5万两甚至更多都没事。为什么？不就是因为皇帝喜欢李侍尧吗？不就是因为李侍尧有"八议"制度保护吗？李侍尧和王廷赞的经历使和珅认识到：其实，贪污受贿没什么可怕的，只要把皇上哄好了，只要成为"八议"制度保护的对象，就没有过不去的火焰山！所以，和珅开始向李侍尧学习，并最终成为超越李侍尧的更大的贪官。

所以说，法律的权威性来自其平等的、公正的执行，法律如果老有"例外"，其最终结果必然是"无用"！

乾隆四十五年六月二十一日奉

旨所有李侍尧入官中所房屋一處著賞給和珅作為十公

主府第欽此

乾隆四十六年

被和珅抓住的『大老虎』出笼反贪

弥天大谎

　　大家知道，在中国古代几百个皇帝里面，号称"十全老人"的乾隆皇帝是名副其实的一代雄主。他在位六十年的稳定统治，维持了中国古代社会最后一个盛世——"康乾盛世"，当时强大的中国雄踞于世界的东方。他的时代，是中国古代政治、经济、文化等各方面经过漫长沉淀之后的集大成的时代。随着乾隆亲自审定的监察法典《钦定台规》的颁布，中国古代监察制度和监察法也发展到了历史上最完备的时期。

　　可是，就是这样一位英明神武、绝顶聪明的皇帝，在中国古代最完备的监察法的保驾护航之下，却也曾有过当"冤大头"的惨痛经历。为什么说是"惨痛"的经历呢？因为他曾经被手下官员合伙蒙骗了七年之久，当了七年的"冤大头"！您说惨不惨？那么，这到底是怎么回事呢？咱们还得穿越到乾隆三十九年（1774 年）去看一看。

乾隆三十九年（1774 年）四月，美丽的西湖风景如画，春水荡漾，春光无限。浙江布政使王亶望正带着随从、喝着美酒、拥着美人，泛舟湖上，享受着"暖风熏得游人醉"的快意人生。这个王亶望呢，是个"官二代"，他的父亲曾经当过江苏巡抚，名叫王师，是个有名的清官。如果说巡抚相当于现在的省长，那么布政使就相当于现在分管财政、民政的副省长，果然是"虎父无犬子"，王亶望的官职马上就要赶上他父亲了。当然，这也是王亶望心里一直盼望的事情。眼下，浙江巡抚空缺，就是由王亶望代理巡抚之职。不过，代理巡抚毕竟不是真正的巡抚。王亶望为了能尽快"转正"，可没少花心思，想方设法和皇帝身边的人联络感情。特别是对首席军机大臣于敏中，更是下足了功夫。他相信，于敏中一定会不失时机地在皇帝面前说他的好话，浙江巡抚的这个肥缺肯定非他莫属。他就等着皇帝的圣旨了。

果然，圣旨到了，传浙江布政使王亶望立刻进京见驾。接到圣旨的王亶望赶紧打道回府收拾东西，急急忙忙赶往京城。

一路上，王亶望边走边想：皇上召我有什么事呢？是不是军机大臣于敏中对我的美言发生作用了？是不是皇上看我代理浙江巡抚干得不错，要给我"转正"啦？如果是那样，那我就是我们王氏家族第二个巡抚了！于敏中家是"兄状元、弟状元，兄弟皆状元"，我们家是"父巡抚、子巡抚，父子皆巡抚"，哈哈！太有意思啦！

王亶望就这样在美梦的激励下兴高采烈地来到了京城，兴高采烈地去面见皇帝。然而，皇帝的一番话却像是兜头给王亶望浇了一盆冰水，让他从头凉到脚，顿时变成了冰棍儿！

那么，皇上究竟说了什么话让王亶望如此不堪呢？

原来呀，皇上不仅没有给王亶望升职，而且要把他调到甘肃去。王亶望在甘肃当过几年知县，知道甘肃又穷又苦，和浙江比起来那简直是一个天上一个地下。

而且，皇上调他去甘肃，还给他安排了一个非常重要的任务：主持捐监。

那么，这"捐监"是怎么回事呢？

所谓"捐监"呢，就是大清国的国民，可以出钱或出粮，购买国子监监生的资格。国子监是当时国家的最高教育机构，也是培养干部的教育基地。如果有人考不上秀才，不能凭科举进入仕途，那么取得监生资格，就是进入仕途的第一步，就像现在考公务员必须有大专以上文凭一样。所以，捐监，说白了就是买文凭，只要出一笔钱，就能领到"户部执照"，也就是户部发给捐纳者交银的正式收据，捐纳者凭"户部执照"，可以到国子监换"监照"。"监照"是国子监发给捐纳者的监生执照，也就是监生的资格证书、学历证书。卖文凭的钱呢，就归户部，也就是归国家财政了。如果这么听起来，负责"捐监"不是一件很难的事情。有人来买文凭，就收钱，然后把钱上缴给国库就行了，王亶望为什么会觉得这是个烫手的山芋呢？原来在当时，"捐监"这个事儿一直挺有争议的，国家明目张胆地卖文凭，这是对科举秩序的严重破坏。科举本来是选拔人才的，结果变成有钱就行，这就给国家储备人才，造成了很多弊端。但是，在当时的情况下，不这么干也不行。这不是国家明目张胆地卖文凭吗？这对国家考试秩序是多大的破坏呀！清政府为什么要这么干呢？

这主要是因为古代中国一直是小农经济，工商业不发达，所以税收有限，往往不足以支撑国家的各项财政支出，特别是遇上战争、灾荒和修水利工程的时候，国库的银子就更是捉襟见肘，不够花了。为了缓解财政困境，中国古代的统治者就发明了捐纳制度，也就是可以花钱向政府买官、买荣誉、买文凭等等。捐监也就是捐纳制度的表现形式之一。正是由于捐纳制度对国家正常统治秩序有极大的负面影响，所以，历朝历代一开始对于捐纳都限定在一个很小的范围或者某一段特殊时期之内。但是到王朝末期的时候，捐纳往往就愈演愈烈了，造成吏治的极端腐败，加速了王朝的灭亡。清朝也是这样，康熙十三年（1674年）开始小范围实行捐纳制度，乾隆登基后，鉴于捐纳的种种弊端，下令罢除一切捐例。但是，不久之后，为了赈灾的需要，又不得不向现实低头，给捐纳制度开了一些小口子，捐监就是其中之一。捐监所得主要用于赈灾工作。赈灾，这可是关系到国家稳定的大事，所以历朝的皇帝都特别重视这个事情。但是，捐监制度实行期间，各省不断发生官员中饱私囊、贪污舞弊的案件。乾隆皇帝非常生气，果然是"有人的地方就有江湖，有官的地方就有贪污"！罢了！我给你来个釜底抽薪，停止捐监得了！于是，乾隆三十一年（1766年），包括甘肃省在内的全国绝大多数省份都叫停了捐监制度。

如果真的就此捐监不存在了，王亶望此时也就不会收到让他赴任甘肃的调令了，也就不用这么头疼了。就在他收到圣旨，让他去甘肃赴任的圣旨前不久，甘肃的捐监突然被乾隆皇帝恢复了，这是怎么回事呢？

乾隆叫停捐监，对其他省可能影响不大，但是对甘肃省却是影响巨大。大家都知道，甘肃地处西北，本来就地瘠民贫，属于全国最穷的省份之一。再加上清朝初年蒙古准噶尔为乱，康熙、雍正、乾隆三朝多次对西北用兵，乾隆即位以来，又有平准定回之战，甘肃连年需要供应前线所需的役夫、军粮。当地百姓的生活因此更加困苦。甘肃停捐之后，为了解决当地军民的吃饭问题，户部每年需要拨给甘肃100多万两银子。但是，即便如此，全省仍然缺粮，粮价奇高。所以，到了乾隆三十九年（1774年），陕甘总督勒尔谨上奏，声称甘肃地瘠民贫，时有灾荒发生，百姓经常需要朝廷的救济度日。而甘肃官仓粮食储备素来不足，希望皇上能够特别开恩，在甘肃个别最穷的州县恢复捐监旧例，以便增加官仓的粮食储备。

收到奏报的乾隆皇帝感到有点儿左右为难：一方面，勒尔谨说的的确有道理，甘肃的确有其特殊情况；但是，另一方面，捐监的弊端也的确难以消除，就是甘肃省，以前也发生过捐监舞弊的案件。那么，到底要不要允许甘肃恢复捐监呢？

就在乾隆皇帝纠结的时候，大学士兼首席军机大臣于敏中说话了。这个于敏中啊，是江苏金坛人，在读书方面有着南方人特有的聪明，他们家一口气出了两个状元，他堂兄于振是雍正元年（1723

年）的状元，他本人则是乾隆二年（1737年）的状元，当时他才二十三四岁，是清朝历史上最年轻的状元。除了状元这一金字招牌，于敏中还有一个其他汉官望尘莫及的优点，那就是他精通满文。乾隆帝即位时，已经是清入关百年之后，有相当多的满洲贵族被汉族同化，既不识满文，也不会说满语。而于敏中作为一名汉人官员而精通满文，而且比八旗子弟学得都好，乾隆认为这是于敏中热爱满清的表现，所以就对他格外地赏识。看来，无论古代还是现代，多学一门语言都大有好处啊！

当时于敏中还负责管理户部，他认为勒尔谨所奏确实是实情，如果能恢复甘肃的捐监，让有财力的人交纳粮食捐为监生，既可以为户部节省每年100多万两银子的拨款，还可以省去官府买粮食的麻烦，遇有灾荒，老百姓可以很快就近获得赈济，于国于民都是一件好事。万一灾民不能及时得到救济，闹起事来，那不是破坏咱康乾盛世和谐稳定的大好局面吗？当然，于敏中也许还有些私心，比如为了减少户部每年拨款的麻烦或者为了给勒尔谨等人帮忙等等，反正于敏中是力劝乾隆皇帝同意勒尔谨的奏请。

那么乾隆皇帝对于于敏中的建议会不会接受呢？

换了别人说这事，皇上可能也就听听而已，但是于敏中不一样，他在皇上心中还是很有分量的。

因为于敏中还有一个过人之处，就是记忆力特别好，办事干练。他能根据乾隆在召见大臣时的口谕迅速拟旨，完全符合皇上的原意。乾隆经常脱口吟诗，于敏中能在事后追忆记录得一点儿不错，并整理成册，因此很受乾隆帝的重视。乾隆认为于敏中是不可多得的人才，所以大力提拔，于敏中先后担任过户部尚书、军机大臣、协办大学士、大学士等要职。到乾隆三十八年（1773年），于敏中成为文渊阁大学士，并以大学士兼任军机大臣，仍管理户部事务。刘统勋也就是刘墉的父亲去世后，于敏中接刘统勋的班升为首席军机大臣，同时还担任国史馆、四库全书馆、三通馆正总裁，并负责皇子的教育，在上书房任总师傅。

正因为乾隆对于敏中特别倚重，所以于敏中的意见对乾隆还是非常有影响力的。既然于敏中说恢复甘肃捐监的好处多多，那就恢复吧。只是如何防止再次出现捐监舞弊的情况呢？于敏中说只要找一个皇上信得过的、得力的官员去主持捐监事务，监督好捐监的各个环节就可以了。乾隆觉得有道理，于是就把王亶望召来了。

那么皇上为什么会选中王亶望呢？

大概是基于以下几点：

第一，王亶望是清官的儿子。老百姓说"龙生龙，凤生凤，老鼠的儿子会打洞"，这种血统论的观点对中国人影响还是挺大的，"文革"时候不是还有一个著名的对联嘛，叫作"老子英雄儿好汉，老子反动儿混蛋"。所以，乾隆认为，贪官的儿子十有八九是贪官，清官的儿子也十有八九是清官。而王亶望的父亲王师，就是大清国著名的清官，他由知县历任知州、道员、按察使、布政使，直到江苏巡抚，一直是勤政爱民，两袖清风，平反冤狱，导民垦荒，不仅建树很多，而且官声很好。乾隆觉得王亶望也应该有乃父之风。

第二，王亶望熟悉甘肃情况。因为他有在甘肃任职多年的经历。王亶望刚入仕途，就是在甘肃的山丹、皋兰等县当知县。后来又升为宁夏知府，清朝时候，宁夏也是属于甘肃省管辖的。再后来，王亶望才由宁夏知府升为浙江布政使。

第三，王亶望非常能干。是乾隆认定的"能事之藩司"。王亶望由知县干到布政使，也的确干得不错，这从他被"引见"的次数就能看出来。所谓"引见"就是被皇上接见。在清代，一般的中下级官员面见皇帝，需要有高级官员的引领，所以称为"引见"。"引见"也常常成为皇帝对于优秀中下级官员的一种精神奖励。清代每隔三年对官员考核一次。考核结束后，作为对优秀官员的鼓励措施之一，会将部分考核优秀的官员引见给皇帝。王亶望就曾多次被引见。乾隆二十八年（1763 年）引见时，乾隆皇帝对王亶望的评价是"此人竟有出息，好的"（《清代官员履历档案全编》）；乾隆三十七年（1772 年），王亶望再次被引见，乾隆的朱批是"竟好，王师之子，将来有出息"（《清代官员履历档案全编》）。

可见王亶望给乾隆皇帝留下了很好的印象，让乾隆觉得，去甘肃主持捐监这份重要的工作非王亶望莫属，他一定能够保证捐监工作在法治的轨道上运行。

正是基于以上三点，乾隆才选中了王亶望，觉得让王亶望去甘肃主持捐监，一定能把好事办好，绝对不会再出现过去那种舞弊情形。可惜呀！此时的王亶望，面对皇帝的殷切期望，心里是万分的失望和一百个不愿意。不仅是因为甘肃太穷，自己又是平调到甘肃，而且因为他知道，在甘肃这个一穷二白的地方，想要把捐监工作做好，简直就是踩着凳子舔鼻子——努死了也够不着！因为他太了解甘肃了。

不过王亶望绝不会让皇上看出自己的不乐意——老实说，他也不敢哪！王亶望不愧是精明能干的大臣，尽管心里不愿意，表面上，王亶望还是愉快地接受了任务，并且斩钉截铁地向皇帝表示：保证完成任务！"随时随处实心实力，务期颗粒均归实在"！这个表态让皇帝十分满意，微笑着让王亶望尽早赴任。

为了便于王亶望开展工作，乾隆还早早儿发了上谕给陕甘总督勒尔谨，一方面批准其甘肃捐监的请求，另一方面告诉他，为了将捐监工作做好，朝廷已经决定将"谨厚有余，而整饬不足"的现任甘肃布政使尹嘉铨调回京城，由王亶望前往甘肃省接替布政使之职。乾隆帝还在这道谕旨中告诫勒尔谨说："董饬稽查，乃总督专责，著严切传谕勒尔谨，于王亶望到任后，务率同实心查办，剔除诸弊，如仍有滥收折色，致缺仓储，及滥索科派等弊，一经发觉，惟勒尔谨是问。"（《清高宗实录》卷957）这就是告诉勒尔谨，一方面要全力配合王亶望工作，另一方面，也不要忘了作为总督的监督职责。因为清朝的总督例兼都察院右都御史，同样具有监察百官的责任和权力。

满以为方方面面都安排妥当的乾隆皇帝万万没有想到：用错一个人，带坏一批人！他不知道，任用王亶望主持捐监，将会给国家带来多么大的损失。陕甘总督勒尔谨也万万没有想到，他奏请恢复捐监，收粮备赈，本来是为国为民着想的一件好事，没想到竟然会让自己堕入万劫不复的深渊！

为什么？

因为"能臣"王亶望和他们想的不一样！本以为皇帝会提拔他当浙江巡抚，没想到却是让他平调到甘肃当布政使。浙江是江南富庶之地，赋税收入在全国名列前茅，在那里当官肥得流油；而甘肃地瘠民贫，偏远荒凉，官场素称"清苦"。前几年王亶望好不容易才调离甘肃来到浙江，还没享几天福呢，皇帝就又让他回甘肃！提拔一下再回也行啊，偏偏还是平调！王亶望内心深处感到相当的失望，他不能理解皇帝对他的殷殷期望和重托，反而以为皇帝是有意贬斥自己到边远之地，心里甚至生出了一些怨恨和不满。

带着这样的心情来到甘肃，步入和浙江比起来堪称简陋的布政使衙门，王亶望看着什么都不顺眼，怎么待着都不舒服，真应了那句古话："由俭入奢易，由奢入俭难"啊！怎么办呢？

王亶望又想到了首席军机大臣于敏中。本以为他会帮忙把自己推上浙江巡抚的宝座，没想到却被推到甘肃来了！虽然他也知道于敏中不可能完全左右乾隆的意图，但心里还是颇为不满。不过，事后于敏中的暗示还是让他看到一线希望：甘肃虽然艰苦，却可以曲线救国。只要干出政绩来，再加上于大人的适时推动，提拔的可能性还是有的。

想到这儿，王亶望觉得又有劲儿了：对！机会在于创造，命运掌握在自己手里！不管怎么说，再穷不能穷衙门，再苦不能苦自己！一定得想办法改善自己的办公和生活条件，一定得创造条件让自己尽快离开这个鸟不生蛋的鬼地方！当一个"能臣"把心思都用在这个方面的时候，那真是什么人间奇迹都能创造出来！

经过一番深思熟虑，王亶望担任编剧兼导演的一场大骗局正式拉开了帷幕。为了把戏演好，他特意将自己的亲信蒋全迪奏调到甘肃首府兰州任知府，专门承办捐监事务。

自己呢，则谋划着怎么样给皇上写喜报，让皇上看到自己的政绩能够龙颜大悦。

于是，乾隆三十九年（1774年）十月，也就是王亶望到甘肃走马上任半年之后，乾隆皇帝就收到了这位"能事之藩司"送来的奏报。奏报说甘肃六个月内捐监生员19017名，共收监粮827500多石。这个数字太大了，当年户部的报捐人数也才11739人（《乾隆朝惩办贪污档案选编》2）。甘肃半年的工作业绩，居然超过户部干一年！所以，这份报告让皇帝都惊叹不已：因为报出这个大数的地方是以贫穷著称的甘肃，报出这个大数的时间仅仅只有半年！

而此时，与王亶望同在兰州办公的陕甘总督勒尔谨惊恐地发现，王亶望给皇帝的奏报其实是撒了一个弥天大谎，因为他所报的80多万石监粮完全是纸上谈兵，官仓中实际上一粒监粮也没有！这，到底是怎么回事呢？

同流合污

为了缓解甘肃省的粮食紧张局面，陕甘总督勒尔谨奏请皇上，请求在甘肃省恢复捐监，就是允许老百姓用粮食来换取国子监监生的资格。鉴于以前捐监过程中出现的种种弊端，乾隆皇帝决定派一个自己信得过的、能干的大臣去甘肃主持捐监。选来选去，就选中了清官王师的儿子、曾经在甘肃任职多年的浙江布政使王亶望。于是调王亶望到甘肃任布政使，专门负责捐监工作。谁知"落花有意，流水无情"，王亶望不理解皇上对他的殷殷厚望，反而对平调回甘肃任职愤愤不平，一心想要赶快离开清苦的甘肃。于是，这位皇上寄予厚望的"能臣"，反而打定主意要做局欺骗皇上。那么他的计划会如何实施呢？

不过，王亶望也知道，甘肃毕竟天高皇帝远，要想成功实现自己的计划，就需要在忽悠皇帝之前，首先搞定陕甘总督勒尔谨，毕竟，在甘肃地界上，唯一能管得了自己的就是勒尔谨了。

所以，王亶望一上任，便带着从杭州带来的土特产去拜见陕甘总督勒尔谨，一方面表示要和总督一起，同心协力做好甘肃的捐监工作，另一方面，又借口官仓粮食储备远远不足，请求捐监范围不要限于朝廷规定的肃州、安西二州。

因为皇上已经给勒尔谨发过谕旨，让他全力配合王亶望工作，所以勒尔谨对王亶望也十分客气。而且，他觉得王亶望说得很有道理，仅靠两个州的监粮当然不足以供应全省的粮食需求。再加上王亶望是皇上特派的专门主持捐监工作的大臣，他当然也不好意思拒绝王亶望的要求，于是两人商定在全省捐监。鉴于王亶望溢于言表的对自己的尊重和客气，勒尔谨也大方地表示："王大人，既然皇上有旨，捐监的事你就全权处理好了，我一定全力支持你工作！"

王亶望赶紧说："好啊！谢谢总督大人！既如此，我就不客气了，眼下就有一件事想请总督大人帮忙呢。"

什么事呢？王亶望说想把他原来的老部下蒋全迪调到兰州来，帮忙处理捐监事宜。因为捐监的事儿工程巨大，他一个人忙不过来，总得有个信得过的人来帮帮忙才行。王亶望上次在甘肃任职的时候，就和同事蒋全迪成了铁哥们儿，用蒋全迪的话讲就是"二人素常相好"（《乾隆朝惩办贪污档案选编》）。所以，王亶望想将蒋全迪调过来当他的左膀右臂。这要求也不过分，勒尔谨当场就答应了，表示会立即奏请皇上批准。此时的勒尔谨只是考虑捐监的实际效果，并没有意识到他正在不知不觉地被王亶望牵着鼻子走。

忽悠了勒尔谨，调来了蒋全迪，王亶望导演的捐监大戏就紧锣密鼓地开演了。

王亶望的如意算盘是想以政绩来讨好皇上。因为，清朝的官员是三年一考核，三年之后，如果他业绩考核优异的话，就可以顺理成章地提拔、调离了。

所以，上任仅半年的王亶望，就向皇帝报告，甘肃的捐监工作开局良好，半年时间，收捐生员 19017 名，得豆麦 82 万余石。实际上，乾隆三十九年（1774 年）这一年，甘肃全年的捐监人数才有 7455 人，捐监的粮食也就 30 多万石（《乾隆朝惩办贪污档案选编》）。王亶望虚报浮夸了两倍多将近三倍！

听到这个消息的勒尔谨简直不敢相信自己的耳朵：甘肃有这么多粮食？我怎么不知道？王亶望也太牛了吧？他是怎么做到的？不行，我得去问问他！

而问话的结果，更让勒尔谨觉得五雷轰顶！因为王亶望擅自把本色捐监改成折色捐监了！

这"本色捐监"和"折色捐监"是怎么回事呢？

所谓捐监中的"本色"，就是直接捐粮食来换取监生资格；而"折色"，就是把粮食折算成银子来换取监生资格。

其实，赈灾就是救人，一有灾荒就有灾民，一有灾民就得发赈灾款或赈灾粮。那赈灾粮从哪儿来呢？来自各省的储备。所以，各省都需要储备钱粮以备不时之需。而为了充实国家的粮库，政府就允许那些考不上秀才而又想在仕途发展的人捐献一定数量的粮食，

甘肃收捐监生粮价核银清单

乾隆三十九年冬季闰捐起至四十六年六月停捐止

三十九年十月起至十二月

收捐监生七千四百五十五名

按粮价核银三十三万五千四百七十五两

四十年

收捐监生三万九千一百名

按粮价核银一百七十五万五千五百四十两

四十一年

收捐监生六万三千九百八十二名

按粮价核银二百八十七万九千一百九十两

四十二年

收捐监生四万七千一百七十三名

按粮价核银二百一十二万二千七百八十五两

四十三年

收捐监生四万四千八百六十一名

按粮价核银二百一万八千七百四十五两

四十四年

收捐监生三万五千一百十八名

按粮价核银一百五十九万八千三百一十两

四十五年

收捐监生三万二千七百六十名

按粮价核银一百四十七万四千二百两

四十六年正月起至六月

来换取国子监监生的资格。这就叫本色捐监。乾隆三年（1738年），清政府把捐监的权限扩大到各省，但同时规定，捐监只能是本色捐监，而不能是折色捐监。之所以这样规定，就是为了收粮食，为了真正能够储备足够的赈灾粮。

我们前面讲过，由于捐监的目的是为了筹集赈灾粮，充实官仓，而且折色捐监弊端太大，以前出过好几起舞弊案件，所以，这次乾隆皇帝对甘肃的捐监有明确指示，就是只许本色捐监，不许折色捐监。王亶望私自将本色改为折色，不是明目张胆地违背皇上的旨意吗？

勒尔谨气急败坏地责问王亶望："这么重要的事儿你怎么不跟我商量？"

王亶望不卑不亢地回答："总督大人，您管着陕西、甘肃两省那么多事儿，日理万机，我也不能总是去打扰您啊！皇上命我专司捐监事务，而且上次您也说了让我全权负责，所以我就自己做主啦。而且甘肃实在是太穷啦！即使把捐监的范围扩大到全省，报捐的人也还是不多，收上来的粮食还是很少，所以，本色捐监难以为继呀！改收折色也是不得已而为之。其实折色和本色殊途同归，银子收上来，还可以拿去买粮食啊，放心吧总督大人！一切后果我来承担！"

这一来，勒尔谨还真就无话可说了。

可是，作为总督的勒尔谨难道真的就没有办法了吗？非也。他完全可以立即给皇上报告，揭发王亶望的违规行为。但是，一想到皇上的警告，他反而顾虑重重了。皇上之前给勒尔谨的谕旨里明确说了，一旦发现有"滥收折色"问题，要唯他是问。现在木已成舟，自己的责任是推不掉了。而且，当初正是他勒尔谨向皇帝奏请恢复捐监的，如果要向皇帝举报捐监舞弊，那首当其冲要追究的官员就是自己。而且，自王亶望上任以来，对自己一向恭敬客气，也没少孝敬自己，我怎么能翻脸不认人呢？

思来想去，考虑到种种利害关系，勒尔谨不得不认可了王亶望的行为，决定睁一只眼闭一只眼算了，得过且过吧。就是这一念之差，勒尔谨就被绑上了王亶望的贪污战车，再也下不来了。

现在，勒尔谨开始和王亶望一起，忐忑不安地猜测着那份给皇上报喜的奏折会引起什么样的后果。半年时间，收捐生员19017名，得豆麦82万余石。这在甘肃，简直就是不可想象的事情。那么，乾隆皇帝会怎么看待这件事呢？

乾隆皇帝可不是好骗的主儿，他是历史上有名的聪明皇帝之一，对事情往往能够明察秋毫、洞若观火。如此巨大的政绩，不仅没有让皇帝兴奋，反而引起皇帝的怀疑。于是乾隆发了一道上谕，一方面表扬王亶望办事勤勉，另一方面，也提出了"四不可解"诘问勒尔谨和王亶望："甘肃民贫地瘠，安得有近二万人捐监？又安得有如许余粮？今半年已得八十二万，年复一年，经久陈红，又将安用？即云每岁借给民间，何如留于闾阎，听其自为流转？"(《清史稿》卷三三九《王亶望传》)：

翻成白话就是说：

第一，有余粮的人家才有能力去捐监，甘肃的老百姓那么贫穷，平时连饭都吃不饱，怎么会有将近2万人来捐监呢？

第二，甘肃土地贫瘠，当地产出的粮食还不够本地百姓食用呢，又怎么会有如此多的余粮用来捐监呢？

第三，现在半年收到的捐监粮就多达82万多石，照这个速度发展下去，年复一年，粮食越来越多，不免因时间长久而变质，将来如何食用啊？

第四，甘肃官府每年都要出借种子口粮给老百姓，与其把粮食收到官仓，然后再借给百姓，那为什么不把粮食留在民间，让老百姓自行流转呢？

正因为乾隆皇帝对这四个问题怎么也想不明白，所以，他要求总督勒尔谨将此"四不可解"查实回奏。

勒尔谨拿着皇帝的圣旨不知所措，这四道题，皇帝解不出来，我也解不出来呀！这简直比奥数题还难解！心里暗骂王亶望：真是个骗子！你给皇上报数字，是从水里捞出来就报吗？这么大的水分，皇帝能不怀疑吗？！

没办法，解铃还须系铃人，既然是王亶望闯的祸，那还是去找王亶望想办法吧。

王亶望不愧是皇帝看好的"能臣"啊！编瞎话的功夫绝对是世界一流！很快，勒尔谨就在王亶望的帮助下，解答了皇上的"四不可解"。勒尔谨向皇帝奏报说：

甘肃的捐监者大多是外省的商人和百姓。自皇上带兵平定新疆以后，新疆与内地的商品流通日益增多，因为路远物稀，商人们从中获利丰厚。而甘肃的安西、肃州为边陲门户，是商人们的必经之地。这些商人就近买粮捐监，比到京城捐监更为便捷，所以报捐者很多。（这回答了第一个问题，为什么捐监的人那么多。）

甘肃虽然贫瘠，但是近几年收成还不错，所以本地的富户也颇有余粮，刚好可以供捐监者采买，不必再到别处去运粮了。（这回答了第二个问题，为什么甘肃有那么多余粮。）

按照现在的捐监制度，捐监者拿出余钱买粮上捐，当然是他愿意干的，而本地的富户卖粮挣钱，也是他非常乐意的事，所以粮食无论是收到官仓，还是散在民间，老百姓都觉得很便利。（这回答了第四个问题，为什么不把粮食留在民间自行流转。）

为什么没有回答第三个问题，就是这么多粮食今后如何储存的问题？因为王亶望他们以实际行动回答了。他们接下来向皇上打报告，说为了妥善储存这些越来越多的粮食，请求户部拨款，为甘肃修建更多的粮仓。

奏报说得头头是道，乾隆皇帝一时也找不出什么破绽，便批示说："尔等既身任其事，勉力妥为之可也。"（《清史稿》卷三三九《王亶望传》）意思是说：你们既然担任总督、布政使等职务，那就尽力妥善地把工作做好就行了。

乾隆皇帝当然希望自己手下的官员都能"勉力妥为"，但是，那些官员是不是真的那么听话，真能做到"勉力妥为"呢？不知道别人怎么样，反正王亶望和勒尔谨是做不到。不仅做不到，而且他们还和皇上的谆谆教诲背道而驰，想方设法编故事，忽悠皇上。最后，让皇上也成了"冤大头"，不得不为这些不肖臣子的贪污买单。那么，他们是如何做的呢？我们来看看王亶望是如何编故事的。

好不容易糊弄过皇帝"四不可解"的问题之后，王亶望心里就琢磨：报给皇上的 80 多万石粮食实际上一粒都没有。现在是蒙混过去了，可这位乾隆爷太聪明了，万一哪天他派人来查，发现粮仓里没粮食，那我不是死定了吗！所以，必须赶紧想办法把这些纸面儿上的粮食消化掉！怎么消化呢？王亶望又开始编故事了。

这一年也就是乾隆三十九年（1774 年）的秋天，王亶望向朝廷报告说，甘肃今年大旱，导致秋粮歉收，许多地方的老百姓甚至颗粒无收，酿成秋灾。请求朝廷允许放粮赈灾。

乾隆皇帝心想，甘肃今年捐监的成效显著，收上来的粮食不是很多嘛。受捐的目的本来就是为了准备赈灾，现在灾害来了，乾隆当然批准赈灾。

那么怎么赈灾呢？实际运行中并不是大家过来把仓库的粮食一分那么简单。清代有一套严格的赈灾制度和程序，而且这套制度一般情况下的确可以起到抑制经办官员冒赈贪污的作用。为便于理解，我先给大家简单介绍一下这个清代的赈灾制度和程序。

清代救灾，已经形成了一套完整、固定的程序。地方遇灾，要经过报灾、勘灾、审户、放赈四道程序。

首先是报灾。一旦某地出现了灾情，地方长官要迅速将受灾程度和日期向上级汇报，如果灾情还有后续发展，也要及时向上级更新信息，但时限上可以有所放宽。在报灾阶段，凡是出现隐瞒灾情不报的情况，该省督抚罚俸一年。不及时报告灾情的，晚半个月以内要罚一个月工资，晚一至三个月的要降一级，延误上报超过三个月的就要被革职。

第二步是勘灾，也就是统计受灾范围和受灾人口，目的是摸清情况，为以后发放救灾物资和减免赋税提供依据。发生灾害之后，地方官员要迅速组成勘灾小组赶赴受灾地点，勘察灾情。勘灾小组的成员叫作勘灾委员，主要包括当地的知府、同知、通判和受灾地县令，任务是亲自赶赴受灾地视察灾情，并且为灾情造册。清朝按灾害造成的损失和影响，把受灾分为十个等级，叫成灾分数，一级最轻，十级最严重。勘灾阶段是贪官污吏最容易钻空子的阶段，因此法律对这一阶段的渎职行为给予严厉处罚。比如，在勘灾阶段，谎报灾情、任意增减受灾等级的官员，革职处理；不是故意谎报，但仍然弄错了受灾等级的官员，要降三级。

第三步是审户，就是核实灾民户口。清代规定，16 岁以上灾民为大口，不满 16 岁至能行走者为小口，再小的就不能入册了，勘灾小组在核实受灾人户时，必须亲自上门落实情况，区分应当赈济的受灾户和受影响较小的灾民，特别要注明那些极度窘困的受灾户，以便日后赈济时能够区别对待。审户完成后，还要发给灾民赈票，赈票上填有户名、大小口数、成灾分数、应领粮数等信息，一式两联，一联给灾民作为领赈依据，一联给官府留底，以备核查。

第四步就是放赈了，也就是蠲免与赈济。这是救灾过程中的最后一道程序，即按照勘查核实的灾情救济灾民。所谓"蠲免"就是减免受灾地区的徭役、赋税。赈济则是发放救济粮或救济款给灾民。官府必须按照赈票所列的数目将赈灾粮或赈灾款发到灾民手中。为了防止冒领，要在两联赈票上都加盖戳记。还要有督赈官在现场进行监督。放赈完毕后，还要造册、盖印，以备日后上司抽查。同时，还要将放赈的情况公开告示，也就是公之于众，让老百姓监督。

大家看，这一套救灾制度可以说是相当的细致完备了吧？可是胆大包天又精明狡诈的王亶望居然有办法让这套严密的救灾制度形同虚设！那么，他是如何做到的呢？

其实，说起来也很简单，那就是创建一套更为严密的集团贪污体系，让赈灾环节上的每一个人，都成为这个贪污集团的成员。但是，这事儿说起来轻松，做起来就相当不容易了。因为集团作案的风险非常大，全体集团成员必须团结一致，集体配合，只要有一个人反水，整个集团就会暴露。

但是，这么高难度的动作，王亶望居然圆满地完成了！他将包括总督勒尔谨在内的每一个与赈灾有关的甘肃官员都拉下了水，变成了他的共犯。

勒尔谨的情况咱们前面讲了，几个回合下来就被王亶望搞定了。那么对于其他人呢，王亶望也自有办法。那就是把捐监、冒赈的好处让大家都能分享到。

首先是捐监的好处，承办衙门中的官与吏人人有份儿。王亶望一上任，就把蒋全迪调到兰州任知府，然后规定甘肃全省的捐监事宜都集中到省城兰州府衙门办理，也就是都通过蒋全迪来办理。按照清朝的制度，每名监生捐监时除了要缴纳规定的粮食外，还需要缴纳 4 两公费银，其中 2 两上缴户部，剩下 2 两作为衙门的办公费用。而王亶望一上任主持捐监，便在 4 两公费银之外又加收 1 两杂费银，专门用来给承办捐监事务的兰州府衙门里的官吏们分肥。比如王亶望前面奏报皇帝说甘肃半年时间就有将近 2 万人捐监，那 2 万人就会多收 2 万两银子，这 2 万两银子就被衙门的官吏们分掉了。以后则年年如此，捐监的人越多，官吏们分得越多。大家当然很高兴啦！一致认为王亶望积极给大伙谋福利，绝对是个关心群众生活的好领导！

其次是冒赈的好处，各州各县官员人人有份儿。这才是分肥的大头。咱们前面讲了，王亶望私自将本色捐监改成了折色捐监，那收上来的就不是粮食而是银子了。乾隆时期甘肃兰州地区的粮价在每石 1.2 至 1.4 两，如果按王亶望报给皇上的 80 多万石粮食折算，那就是 100 多万两银子。所以，咱们前面讲的王亶望想要消化掉的粮食，其实就是银子。这么多银子怎么消化掉呢？王亶望的办法就是冒赈贪污，也就是假报灾情，以赈灾的名义把银子分掉！在王亶望的运筹帷幄之下，在王亶望的心腹蒋全迪的实际操作下，各州各县的地方官们心领神会，纷纷虚报灾情，冒领赈灾款，赚得盆满钵满。从此甘肃官场就告别了"一穷二白"的旧社会，讲着捐监救灾的故事富起来了。

大慷国家之慨的王亶望就这样搞定了衙门里的书吏和甘肃官场的各级官员。但是，他能搞定老百姓吗？因为清朝赈灾程序里，不是还规定有一条，要将放赈的情况公开告示，也就是公之于众，让老百姓监督吗？王亶望如何能让老百姓也和贪官坐在同一条船上呢？

清官来了

甘肃布政使王亶望通过在捐监冒赈过程中的上下勾通、合伙分肥，把包括总督勒尔谨在内的每一个与赈灾有关的甘肃官员都拉下了水，变成了他的共犯。而王亶望自己，也实现了到甘肃后的第一个人生目标：提高生活品质，像享受西湖一样享受黄河。现在，王亶望住在兰州的新居里，一边喝着酒，一边欣赏着："东边我的美人啊，西边黄河流……"

不过，王亶望绝不满足于现在的生活，毕竟甘肃是偏远贫瘠之地，不可久留，所以，王亶望还有更高的生活目标，那就是提拔升迁，调回浙江当巡抚，继续享受江南水乡的滋润生活。原先代理浙江巡抚，眼看就要转正了，没想到却被皇上平调到甘肃当布政使，对此，他一直耿耿于怀。所以，他的第一个目标实现之后，就开始琢磨下一个目标的事儿了。

朝中有人好做官。想要升迁，就必须依靠首席军机大臣于敏中。于敏中我们前面介绍过，大清朝最年轻的状元，因为聪明伶俐，虽是汉官却精通满语，因而得到乾隆皇帝的赏识。乾隆二十五年（1760 年）八月，于敏中以户部右侍郎的身份在军机处行走。因为小心谨慎，办事干练而很受乾隆皇帝的重视。乾隆二十七年（1762 年），于敏中得到"紫禁城内骑马"的待遇。乾隆三十八年（1773 年），于敏中成为文渊阁大学士，担任国史馆、四库全书馆、三通馆正总裁，并负责皇子的教育，在上书房任总师傅。刘统勋去世后，于敏中接替刘统勋成为首席军机大臣，此人对皇上的影响力绝对不可小觑。

正因为如此，王亶望拼命巴结于敏中，对于敏中大肆行贿，而于敏中呢，也是来者不拒。一来二去，两个人就结成了一种稳固的联盟。于敏中也向王亶望暗示：只要王亶望在甘肃政绩突出，他一定尽力帮助王亶望谋得浙江巡抚的美差。

得到于敏中的点拨之后，王亶望干得更欢了。

王亶望最初也是通过捐纳的途径进入仕途的，所以对捐监中的各种门道是一清二楚。他把捐监的价格下调，也就是比户部便宜，吸引了全国许多人都跑到甘肃来捐监，把户部的生意都抢了好多。当然，理论上这是不允许的，但由于甘肃天高皇帝远，王亶望又胆大妄为，也就这么干了。从乾隆三十九年（1774 年）到乾隆四十二年（1777 年），甘肃捐监达到了疯狂的地步，报捐监生达到 15 万多名，奏报收到的监粮多达 700 多万石。同时，又年年上报大旱灾，开销掉赈灾粮 730 多万石。正因为甘肃捐监成绩惊人，赈灾工作又做得积极到位，乾隆皇帝在大喜过望之下，对王亶望多次褒奖有加。只是乾隆皇帝万万想不到，所谓 700 多万石的捐监粮完全是纸上谈兵，官仓里根本没收一粒监粮。而那 730 万石发给"灾民"的赈灾粮也是来无影去无踪，无中生有罢了。

您可能会疑惑：难道皇帝就那么容易被骗吗？其实，乾隆皇帝还是很精明的，只是中国太大了，天高皇帝远，地方上的事儿皇帝就不一定全知道了。而且，那年月科技不发达，也看不到天气预报，所以，皇帝也只好这么"杯具"了。

可是，就算皇帝离得太远不可能知道，那么当地的老百姓呢？他们总不会不知道吧？而且，前面不是讲了嘛，清朝赈灾程序相当严密，甚至还规定有一条，要将放赈的情况公开告示，也就是公之于众，让老百姓监督。如果赈灾造假，官员贪污，老百姓还可以到京城都察院去告啊，那个时候老百姓也是可以告官员的，清初就曾经规定："凡人民控告州县官员者，一经题参即令解任。"（《清实录·圣祖仁皇帝实录》）不过，规定是规定，中国人信奉的是多一事不如少一事，各人自扫门前雪，休管他人瓦上霜，如果不是遇上了奇冤异惨之事，一般是不会告官的。况且那会儿告官也不像现在这么简单，发一条微博，全国都知道了，监察部门自然就来查了。那会儿进京告状，山高路远，还得自带干粮，差旅费自理，老百姓哪有那闲钱呢？就算有那闲钱，也没那闲工夫啊！

再加上在甘肃冒赈过程中，老百姓也的确沾到一点儿阳光雨露，所以就更没人告了。怎么回事呢？咱们前面讲了，按照清代赈灾制度的规定，赈灾的最后一个程序放赈，包括蠲免与赈济。所谓"蠲免"就是减免受灾地区的徭役、赋税；赈济则是发放救济粮或救济款给灾民。因为甘肃年年跟朝廷报灾，所以乾隆皇帝曾经多次对甘肃减免钱粮赋税，这对老百姓来说当然是好事儿。在赈济方面呢，官员们也根据情况，象征性地做一点"捐办煮粥施衣"的"善事"。老百姓看到当官的报了灾，自己还能得到一点儿实惠，觉得这是官府为老百姓办了实事儿，心里感激还来不及呢，谁还会不识时务地去告状呢？

这就是王亶望这位"能臣"的聪明之处：利益均沾。别说是甘肃官场，就连甘肃的老百姓都成了他这个利益共同体的一部分，那当然人人都说他好了。

乾隆四十二年（1777年）五月，"能臣"王亶望三年俸满，终于如愿以偿地升任浙江巡抚。接替他的，甘肃省宁夏道道台王廷赞，这可是一位真正的清官。

此前，王廷赞是甘肃官场上极少数的几个没有参加这场捐监冒赈盛宴的人之一。这就奇怪了：王亶望导演的不是一场集团贪污戏吗？王廷赞怎么会置身戏外呢？这还要从王廷赞的经历说起。

王廷赞是吏员出身。由于他勤谨有才干，受到上司器重，后来被引荐为官。由于他出身低微，比较了解下情，所以大部分时间为官谨慎，能循理守法，尽职尽责。特别是在平反冤狱、振兴文教、兴修水利、剿匪安民、筹集军饷等方面，都留下了骄人的政绩。比如他在兰州府当"经历"的时候，经常协助上司审理案件。"经历"就是一个职掌出纳、文书的小吏。他奉命处理案件，由于秉公执法，许多冤案都得以平反，当时兰州有"打官司，找王经历决断"的说法。

再比如他在代理张掖知县任上，突出的政绩是振兴教育，修建贡院。贡院，是古代乡试、会试的考场，即开科取士的地方。张掖原来没有贡院，读书人参加考试多有不便，所以王廷赞在张掖建立了贡院。为了给读书人提供学习场所，他又重修了自明朝嘉靖以来便已经废弃的甘泉书院。此后，甘泉书院成为河西的教育中心，学风严谨，人才辈出。同时又多方丰富藏书，聘请名师讲学，张掖的文教一时蔚然兴起。

乾隆二十二年（1757年），平定准噶尔之战打响，王廷赞随军协理军需，才干得以进一步施展。

乾隆四十年（1775年）王廷赞调到宁夏工作，历任宁夏知府、甘凉道及宁夏道道台。王廷赞到任后，发现旧有的农业灌渠，由于年久失修，渠道严重淤塞。为此，他奏请朝廷，请求疏浚河渠。他的建议得到采纳，朝廷批准拨发库银，并授命他负责整个工程。王廷赞从授命之日起，就全身心地投入工作，不辞辛劳，事必躬亲。经过两年多的努力，河渠工程于乾隆四十二年（1777年）四月告竣。宁夏平原长期保持肥田沃野，这里面也有王廷赞倾洒的许多心血。所以这年的五月，王廷赞因政绩卓著而被提升为甘肃布政使，去接替王亶望的工作。

　　王廷赞在宁夏工作期间，王亶望导演的全省轰轰烈烈的捐监冒赈活动已经开始了，王廷赞为什么没有参加呢？

　　有两个原因。

　　第一，关于捐监，王廷赞不可能参与。因为王亶望将捐监的事情全部归口到兰州府，由蒋全迪一人统管，如果宁夏有人报捐，也要跑到兰州去办理。所以王廷赞对于捐监的事不可能参与。

　　第二，关于冒赈，王廷赞没必要参与。当时王廷赞所在的宁夏道，简直就是甘肃的世外桃源。黄河冲积而成的宁夏平原，号称"西北明珠""塞上江南"，地形平坦，沃野千里，再加上王廷赞兴修水利，所以多年来收成一直很好，极为富庶。一般贫穷的地方才要报灾，领赈灾款，宁夏这么富，一般很少需要报灾。

　　那王廷赞为什么没有像别的官员一样假报灾情，获得分肥呢？

　　这是因为只有那些经常向王亶望拍马屁的人、和王亶望关系好的人，才能享受到这个待遇。而王廷赞不属于此类人。当初宁夏遇过一次不大不小的水灾，当时王廷赞上报王亶望请求赈济，因为从来没有得过王廷赞的好处，王亶望竟然不给宁夏赈济。王廷赞无奈又找勒尔谨申请，才最终拿到了应得的救灾钱粮。可见，王廷赞当时的确比较正直，不曾像其他官员一样溜须拍马。总之，在接替王亶望之前，王廷赞一直是个清官，一直能够独善其身。今天在甘肃定西地区还有一座残留的"王公桥"，据说这反映了当地老百姓对王廷赞这位架桥修路、造福一方的"清官"的赞誉和纪念。

　　如果说，王廷赞主政的宁夏是一方净土，是一个世外桃源，他在那里可以保持出水芙蓉般的清廉，那么，到了兰州之后，到了布政使的任上，他还能出淤泥而不染吗？

对于常人而言，从道员一跃为布政使，进入省部级干部的行列了，这绝对是件大喜事，但王廷赞却是且喜且忧。在从宁夏赶往兰州的路上，他忧心忡忡，眉头紧锁，全然没有升官的喜悦，倒有一种如临深渊、如履薄冰的忐忑。

为什么？因为他的前任王亶望太精明能干了，连乾隆皇帝都称赞他为"能事之藩司"，在甘肃任布政使三年，报捐的粮食已经多达700多万石，报捐人数和所收粮食数不仅在甘肃省是空前的，就是在全国也名列榜首。仅报捐这一项的收入，已经是甘肃省全年赋税的七八倍。有如此能干的前任，自然给王廷赞造成了相当大的压力。当然他对王亶望捐监所取得的成绩也的确感到不可思议，不知道自己上任后能不能赶上王亶望。

一到兰州，王廷赞就和王亶望办理交接手续。清代有一套很严格的离任审查制度，离职官员要向新上任的官员把任内的各项财务状况都交代清楚，这种交接程序称为"交代"或者"交盘"，当然，具体工作都是由官员所聘请的钱谷师爷们来做。如果离任官员"交代"不清楚的，新上任官员可以不接；如果前任有亏损，那必须补齐以后，后任才会接。京官的交接一般由监察御史和六科给事中负责监督，地方官的交接则主要由督抚或督抚派出的官员负责监督。理论上说，前任"交代"不清，休想走人。但实际上情况就很难说了。比如，王亶望和王廷赞的交接，就由勒尔谨负责监督。勒尔谨既是王廷赞的上级，又和王亶望是一伙儿的。"能臣"王亶望早就造好了一本假账，专供应付检查和交接，于是，在勒尔谨的名为"监督"其实是"关照"下，交接工作十分顺利地完成了。

在省城官员的欢送声中，王亶望志得意满、喜气洋洋地离开了甘肃。不过，他这离开的队伍太浩浩荡荡了，甚至惊动了整个兰州城。为什么？因为他走的时候，随身带走的财物需要几百头骡子来驮，除了银两以外，还有古董、皮张、衣物等，可以说是满载而去。不知道王亶望带着骡子队离开甘肃的时候，有没有想到那句名言："出来混，总是要还的！"

看着王亶望的骡子队，别的官员羡慕得流口水，但王廷赞心里却十分沉重，他感到，他的这位前任一定有问题。于是，他叫来了自己的心腹"长随"王亮侯，让他详细了解一下布政使衙门这几年的运作情况。

所谓"长随"即"官之仆隶"，就是官员私人雇用的跟班儿、仆人之类的人员。清代规定官员任职必须在距自己家乡五百里以外的地方。所以，官员到远方任职，面对人生地不熟的局面，就必须雇用几位私人跟班（俗称长随），以应对和监督一班精通各种关节、操持当地政务的六房书吏和四班衙役，以防被人"架空"。所以，官员在任职期间，对内，要依赖长随对书吏和衙役形成监督和牵制，对外，要靠着长随建立和编织关系网络，执掌印信，处理机要，可谓是须臾离不开的心腹。这王长随跟随王廷赞多年，办事干练，深得王廷赞信任。听了王廷赞的吩咐，王亮侯回答说，已经安排账房先生跟前任账房"买了账",这几天正在研究。

"买了账"是什么意思?这就是清代官场的潜规则了。当时几乎每个衙门都有两本账,一本是"明账",这是公开的、应付检查的账目。还有一本是"暗账",记录衙门的真实开支,包括给上级的"孝敬"、迎来送往的开支、编外人员的工资和老爷从官库中的支取等等。地方上到底有多少家底、老爷能贪走多少都得以暗账为准。官员交接的时候,新来的账房也要到前任账房手里买这本账簿,称为"买账"。根据所在地的肥瘦,暗账的价格从数十两到四五百两银子不等。《官场现形记》就描写过一个"买账"的故事,一位代理知州因为不愿意花钱买账,结果愤怒的前任账房对暗账做了手脚。代理知州照着这本被修改过的暗账办事,结果半年之后,把上上下下、大大小小的官员都给得罪了。最后被革职查办。代理知州不愿意买前任账房的账,这就注定了官场不会买他的账。所以,"买账"是个非常重要的事情。

通过研究暗账,王廷赞发现,布政使衙门的衙役书吏们福利待遇很不错,前任王亶望在官场交际方面出手大方,特别是对总督勒尔谨,每年过年过节的"孝敬"都相当丰厚。王亶望哪来这么多钱呢?王廷赞还是百思不得其解。

王长随提醒道:"王巡抚既然是捐监工作做得好,咱们不妨从这方面找找线索。"

王廷赞觉得有道理,于是,立即命人把兰州知府蒋全迪找来,因为蒋全迪是王亶望授权全面负责捐监工作的人。

此时的蒋全迪，正在想着如何对付王廷赞呢！

本来甘肃捐监冒赈的事，就是他和王亶望一同商量着办的，他自己也从中捞了不少好处。现在王亶望虽然调走了，但蒋全迪还想将这个来钱的项目继续下去。因为他也不想在甘肃待了，他也想像王亶望一样到西湖边上享受享受人间天堂的好日子。这些都需要花钱"运作"呀！

只是这个王廷赞一直以来就不是同道中人，如果捐监冒赈的事让他知道了，如果他还把这个秘密告诉了皇上，那我们可就人头不保啦！

那么这个事能不能瞒住王廷赞，不让他知道呢？蒋全迪想来想去，认为可能性为零。因为王廷赞是专司财政和民政的布政使，又接替王亶望主持捐监工作，没有他的许可，没有他的签字盖章，什么事也办不成！

既然瞒不住，那剩下的就只有两个办法了：

要么就是把王廷赞拉下水，让他和大家同上贼船，同舟共济；要么就是把危险扼杀在摇篮里，找人悄悄把王廷赞干掉！

正在蒋全迪苦思冥想地思考对策的时候，布政使衙门来人叫蒋全迪过去，说是王廷赞大人有事要问。

蒋全迪闻听，脑子"轰"的一声，心就提到了嗓子眼儿。但是，上司召见，也不能不去，于是，惴惴不安地去见王廷赞。

而王廷赞问的，果然都是蒋全迪最害怕被问到的问题。比如，捐监人数有多少？所收监粮有多少，在哪里存放？带我到粮库看看……

那么，蒋全迪将如何应对王廷赞的问题呢？

他真的想不出好办法。"县官不如现管"，骗皇上容易，骗顶头上司难啊！那些监生、那些粮食，对千里之外的皇上汇报，也就是些纸上的数字，想写多少写多少，他也不会亲自来看看；但是对现任布政使王廷赞来说，那些数字都是实实在在的东西，他随时可以去验看。蒋全迪面对王廷赞咄咄逼人的追问，只好牙一咬，心一横：干脆，实话实说吧！反正躲得过初一躲不过十五，总有一天得让他知道，不如今天就告诉他得了！于是，蒋全迪就将甘肃前几年实行的捐监冒赈政策竹筒倒豆子，全跟王廷赞说了。

王廷赞听完，简直不敢相信自己的耳朵！"你们真是胆大包天！"王廷赞怒气冲冲地对蒋全迪吼了一声，一甩手走出了布政使衙门，直奔陕甘总督衙门而去。

他觉得自己发现了天大的秘密，他必须立刻向总督汇报！

那么，早已和王亶望等人同流合污的总督勒尔谨面对王廷赞的汇报，会作何反应呢？面对甘肃如此出人意料的复杂局面，王廷赞又会如何应对呢？

突发事件

布政使王亶望在甘肃干了三年，捐监事业搞得红红火火，伪赈灾事业也搞得热热闹闹，还骗得了皇上的奖励，再加上首席军机大臣于敏中的从中斡旋，王亶望终于如愿以偿地调任浙江巡抚了。接替他的是一位多年的清官，原宁夏道道台王廷赞。王廷赞上任不久，就发现王亶望的捐监赈灾其实是一场地地道道的大骗局。

王廷赞感到这个事情太严重了，必须立即向总督勒尔谨汇报！所以他直奔总督府，向勒尔谨做了详细汇报。

然而，总督勒尔谨的反应却让王廷赞如坠深渊！

听了王廷赞的汇报，勒尔谨不紧不慢地说："哦？有这种事？那王大人打算怎么办呢？"

"我们一起向皇上上疏，揭发王亶望的罪行！"王廷赞说。

勒尔谨淡淡一笑："王大人，不要那么冲动。

要告人家，你手里有充分的证据吗？你想想，王亶望是皇帝眼中的能人，他的捐监工作多次得到皇上的表扬。人家刚刚因为捐监有功得到升迁，你就上疏揭发人家，你是想告诉英明睿智的皇上，他老人家用人失察吗？"

王廷赞无言以对，看着勒尔谨云淡风轻、毫不惊奇的样子，王廷赞忽然想到：勒尔谨可是陕甘地区的一把手啊！没有他的支持或者默许，王亶望怎么可能完成这种捐监冒赈的大骗局呢？

王廷赞恍然大悟：原来他们是一伙儿的！

那么，要不要连总督勒尔谨一起举报呢？王廷赞犹豫了：按说，布政使也属于监察官员之列，有责任举报不法贪官。但是，勒尔谨刚才的话也提醒了王廷赞，如果没有确凿的证据就轻率举报，很可能对自己不利。因为按照清代法律的规定："御史列款纠参贪婪官吏，若审问全虚……降二级调用。御史凡事不据实陈奏，或并无实据，只称风闻具题者，降一级调用。"（《大清会典》）大意是说：御史弹劾贪官，如果经过审问，没有一件事是真的，那该御史就要被给予降两级的处分。如果没有证据，只是听说而已，那该御史就要被降一级。

想到这些，王廷赞决定还是先不要轻举妄动，看看情况再说吧。

而这情况真是"不看不知道，一看吓一跳"！王廷赞留心观察，又有一个让他心惊肉跳的发现：自己居然被盯梢了！无论去哪儿，自己身后总是有人暗中尾随！而自己的布政使衙门外，居然也有一些形迹可疑的人！看来有人在监视自己！是谁呢？是勒尔谨，还是蒋全迪？王廷赞感到脊梁骨阵阵发凉，心情更加沉重了。

更让王廷赞愤怒的是甘肃这帮官员的厚颜无耻。兰州知府蒋全迪发动了甘肃首县皋兰知县程栋等大大小小十多个官员一起来见他，软磨硬泡、苦苦哀求王廷赞保全大家，不要把这事捅出去。并说前任布政使一直是这样做的，而且他得到了大家的拥戴。

一开始，王廷赞还是非常强硬并坚持原则的，他对蒋全迪等人说："前任藩司（布政使）如此，我断不学他的行事。你们不要认错了人！"（《乾隆朝惩办贪污档案选编》）

随后，王廷赞停止了前任王亶望实行了三年的折色捐监，改行合法的本色捐监。

然而，这样做的结果却是让王廷赞空前地孤立：享受了三年的捐监"红利"忽然被取消了，甘肃的各级官员和衙门里的书吏差役们全都对王廷赞心怀不满，大家全都消极怠工，对王廷赞采取非暴力不合作的态度，布政使衙门的工作无法运转。眼看上任快一个月了，报捐的人一个都没有，粮食更是颗粒无收。这和王亶望的辉煌政绩比起来，简直是一个天上一个地下！

勒尔谨对此很不满意，下属们更是怨声载道！而这种成绩报给皇上，皇上也会生气。如果他再揭发前任王亶望，可能皇上还会以为他在为自己的无能找理由。

束手无策的王廷赞无可奈何地感慨："咳！清官难做啊！"

此时的王廷赞就像是刀郎唱的那个"孤独的牧羊人"：一个人在苍茫的大地上承受风雨，挨不过草原的冬季，马上就要在北风里死去。

他只好又找来王长随商量对策。王长随帮王廷赞分析了眼前的形势，说："王大人，听说勒尔谨和王亶望与首席军机大臣于敏中关系都非常好，现在从中央到地方，从于敏中、勒尔谨、蒋全迪到甘肃全省大大小小的官吏，都和王亶望是一条心啊！他们已经是一个巨大的利益共同体，而且这种利益这么多年来已经固化了。您想要打破这种既得利益，不仅不可能成功，而且还非常危险哪！所以您还是不要和他们对立了。毕竟，王亶望他们的捐监方式只不过让大清多发了几万张文凭而已，并没有损害百姓利益呀，相反，甘肃现在有了钱，还能造福百姓，您当清官，不就是为了造福百姓吗？"

"可他们私分的是国家财产啊！而且，那么多的监生文凭卖出去，如果到了无良子弟手里，就可以借此变成官帽，有了官帽，他就能再想法子捞钱，把捐监的钱几倍、几十倍地赚回来，最后坑害的还是老百姓啊！"还是王廷赞看得更为深刻。

但是王长随看得更为现实："识时务者为俊杰，大人，您不能和整个官场的人为敌啊！您没发现那些形迹可疑的人吗？弄不好，您连命都保不住啊！"

王廷赞无奈地说："看来这官儿，也不是当得越大越好啊！如果现在还在宁夏当道台那该多好啊！"

王长随叹了口气说："大人，在什么山上唱什么歌，您还是入乡随俗吧！"

"咳！看来也只能如此了！"王廷赞也叹了口气。终于屈服了。第二天，宣布恢复折色捐监，让蒋全迪一切按前任的做法去办。

蒋全迪等人一看王廷赞终于"萧规曹随"了，也就高高兴兴地配合王廷赞工作，决心将"捐监"进行到底。

就在甘肃的捐监工作搞得如火如荼的时候，勒尔谨和王廷赞忽然接到消息：皇上要派人到甘肃检查捐监情况！

皇上怎么忽然想起来要派人到甘肃检查呢？

原来呀，这一年的七月，王廷赞也学着王亶望的做法，向朝廷报告说收到监粮数十万石。也就是说，王廷赞刚上任一个多月，甘肃捐监就"成效卓著"！远在京城的乾隆皇帝终于再次对甘肃的捐监工作起了疑心，心想：甘肃真是一片神奇的土地啊！不长粮食，光收粮食，天下有这样的好事吗？于是，就派出了刑部尚书袁守侗和刑部侍郎阿扬阿到甘肃勘验捐监收粮。

这位袁守侗可不是一般人，他为官正直清廉，号称清朝十大清吏之一。他在军机处当过章京，也就是在皇帝身边干过；还当过监察御史，查办贪污案件很有一套。乾隆年间，袁守侗曾五次被任命为钦差大臣，专门查办贪污腐败的封疆大吏和军队高级将领。他办案滴水不漏，深得乾隆皇帝信任。纪晓岚称他"以经济立功名，以操守励风节，载在国史，光耀汗青"。乾隆皇帝派遣这样一位办案能臣和刑部堂官到甘肃，充分表明了他对甘肃捐监的怀疑、重视和欲图弄清实况的决心。

不料，这位曾五过难关、擅长破案的袁守侗，这次竟没能识破甘肃的这一弥天大谎，反而向皇帝奏称"仓粮系属实贮"。这究竟是怎么回事呢？

原来，是有人提前给甘肃暗通消息！

本来，袁守侗等人赴甘肃查案，应该是一件很保密的事情，但是，让乾隆和袁守侗万万想不到的是，皇帝身边的首席军机大臣于敏中，因为多次接受王亶望、勒尔谨等人的贿赂，早已成为他们的内线和坚强后盾。得到消息的于敏中预先派人赶到甘肃向陕甘总督勒尔谨通报了信息。

勒尔谨和王廷赞闻讯后大惊失色，经过一番商议后，立即开始行动，准备应付钦差的到来。他们先是东挪西借，甚至挪用军粮，凑到了一批粮食，然后将这批粮食分成小份，运到各地州县官仓。再派人将官仓粮垛的下面用铺板架空，然后倒进一箩筐一箩筐的糠填实，只在粮垛的最上面撒上一层粮食掩盖住糠，在粮仓的门口处则多堆粮食，使人只能在门口查看而进不了粮仓里面。如此，经过一番紧张的忙碌，本来一粒米都没有的仓库装得满满当当，一派丰收景象，看上去绝无任何短缺情况。除此之外，他们还大做假账簿，以应付检查。

身负重任的钦差袁守侗和阿扬阿到达兰州后，倒也恪尽职守，逐一封仓核对。但在勒尔谨、王廷赞等人的竭力掩饰下，一向精明干练的袁守侗竟然没有发现任何破绽，回京后还向乾隆皇帝奏称："俱系实储在仓，委无亏缺，并核对节年动用数目，亦相符合。"（《乾隆朝惩办贪污档案选编》）

乾隆皇帝这才稍稍放心，不再追查甘肃捐监的事情了。不过关于甘肃捐监的问号总是在他的脑海里挥之不去。

转眼到了乾隆四十五年（1780 年），鉴于王廷赞在甘肃效力多年，政绩卓著，应予褒奖，所以乾隆皇帝封王廷赞的曾祖父、祖父及父为通奉大夫，封其曾祖母、祖母及母为诰命夫人。王廷赞是光宗耀祖，风光无限啊。但是，王廷赞心里却是有苦说不出。此时的王廷赞已是 66 岁高龄的老人，在甘肃布政使任上这几年，虽说终于迫于压力，融入了甘肃官场的贪污大潮，但他是天天纠结挣扎，天天提心吊胆，没睡过一天踏实觉。

他看到，这几年，他的前任王亶望已经升任浙江巡抚；兰州知府蒋全迪后来也追随王亶望调到了浙江；皋兰县知县程栋则调入京城为官。他们都是捞到了大笔的钱，又用金钱开路，上下活动，终于离开了甘肃这个埋着定时炸弹、不知道哪天会爆炸的是非之地。王廷赞很羡慕他们，也想捞一把就走，免得夜长梦多。

他想，这官儿也不是当的时间越久越好，还是趁现在还没出事儿，赶紧功成身退吧。所以，他向皇帝奏请辞官回乡。他就像那只被放在温水里煮的青蛙，自己已经没有力气从水里跳出来了。如果有人能把他捞出来，他或许还能得救。不幸的是，由于皇上"优旨慰留"，也就是好言相劝，一再挽留。他未能如愿，只能继续被放在温水里煮，明明觉得水温越来越高，却怎么也跳不出来了。

如果没有那场意想不到的突发事件，也许，甘肃的捐监冒赈案永远不会被皇帝发现；如果没有那场意想不到的突发事件，也许，王廷赞还能够实现他求得善终的心愿。不幸的是，人算不如天算，现实是残酷的。还是那名言说得准："出来混，总是要还的。"乾隆四十六年（1781年）的一个突发事件，就让那些在甘肃大捞特捞的官员把吃进去的，全都吐了出来，而且，还付出了沉重的甚至是生命的代价。

那么，这是一场什么样的突发事件呢？

原来，乾隆四十六年三月，也就是王廷赞接替王亶望任甘肃布政使的第四年，属甘肃河州管辖的循化厅撒拉族人苏四十三率众起义了，而且还杀死领兵弹压的兰州知府杨士玑等人，进逼兰州。

而苏四十三的起义，则完全是由于甘肃官员对教派冲突的处置不当所造成的。循化地区自古以来是个多民族杂居地区，历史上居住过不同的部落、部族和民族。也有许多不同的宗教教派。不同的宗教派别由于教义不同，难免会有冲突。当时，冲突最严重的就是所谓的"新教"与"旧教"之争。由于新教的主张获得当地许多百姓的认可，所以新教教徒日渐增多，老教势力日受削弱。于是老教便极力排斥新教，两教派之间的矛盾不断加深和扩大，相互斗争延续了许多年。

本来，对于教派冲突，清政府应该保持中立，不偏不倚，依法处置，无论哪个教派，只要遵法守法，不干预政治，就顺其自然；无论哪个教派，只要你干预政治或触犯法律，就严惩不贷。这样，教派之间再不和，也不会找政府的麻烦。但是甘肃官员却偏向老教，引发新教的不满。清乾隆四十六年三月间，两教派之间终于爆发了大规模的仇杀事件。随后清政府派兰州知府杨士玑等人来撒拉族地区查办。原来的兰州知府蒋全迪此时已经追随他的主子调到浙江去了。杨士玑派河州副将新柱先行前往，打探情况。新教的人听说后，假扮成老教的人抢先出迎，借机打听官府的动态。新柱以为对方是老教的人，就表态说："新教若不遵法，我当为汝老教做主，尽洗之。"（《循化志》卷八）意思是说："新教如果不守法令，政府就要为老教做主，将新教斩尽杀绝。"这话说得太没水平了："尽洗之"这话是能够随便说的吗？

果不其然，信奉新教的群众听了大为愤慨，于是，在苏四十三等人率领下，当晚就杀死了新柱，次日正式发动起义，杀死了兰州知府杨士玑，又乘胜攻下河州城，还包围了兰州。

原为新、老教派的"教争"就这样转化为新教反抗清朝统治的斗争了。甘肃官员引火烧身，自作自受，这都是官员缺少"法治思维"惹的祸啊！

再说新教兵临兰州城下，当时兰州城只有八百守兵，一经交战，便损兵三百，甘肃官吏惊恐万状，急忙向朝廷求救。

就在勒尔谨和王廷赞与起义教民苦苦对峙，眼看就要撑不下去的时候，朝廷紧急调派来的支援大军前锋终于赶到兰州。这位前锋不是别人，正是现在乾隆皇帝最看好的官场新秀和珅。

当时的和珅年仅31岁，五年前，他还是皇帝身边的一个普通侍卫，由于他才华横溢而且特别"善解人意"，所以很快就得到乾隆的赏识，对其着力培养，不断提拔。就在上一年，和珅第一次出京办案，就查办了位高权重的云贵总督李侍尧，令朝廷上下对其刮目相看。皇上更是高兴地赏给他户部尚书、御前大臣、领侍卫内大臣等等一大堆令人羡慕的头衔，而且还与和珅定了个娃娃亲，结成了儿女亲家，把自己宠爱的小女儿十公主许给了和珅的儿子丰绅殷德。这次，皇上派和珅到甘肃，也是想更进一步培养他，让他立些军功，以便进一步提拔使用。

不过，打仗可不像吟诗作赋那么容易，尽管和珅聪明伶俐、很有文才、很会理财，而且也很会查案，但是，他的军事才能却的确令人不敢恭维。在和起义教民的作战中，和珅所率部队不仅被打得大败，而且还有一名正二品的总兵阵亡。幸亏深谋远虑的乾隆皇帝知道和珅毫无作战经验，为保险起见，又调了大学士阿桂督师，调陕西、四川、新疆等地援军到甘肃"剿匪"，局面才得以控制。

和珅战败的消息传到京城，乾隆皇帝勃然大怒：朝廷正规军与一小撮散兵游勇作战，居然吃了败仗，还损失一员大将，大清天威何在？盛怒之下的皇上严厉地斥责了和珅，命令由阿桂全权指挥前方战事。

同时，乾隆觉得这次教民起义，完全是由于甘肃官员办理谬误、处置不当造成的，陕甘总督勒尔谨难辞其咎。于是，一怒之下，将勒尔谨革职查办，押赴京城，听候处理。

勒尔谨被撤职的消息，对甘肃官场来说，简直就是晴天霹雳！从布政使王廷赞到各级州县官员，一个个都惊恐万状，惶惶不可终日。他们不知道，勒尔谨被撤职，会给他们带来什么样的影响？他们不知道，接替勒尔谨的人，会不会和勒尔谨一样，与他们共享 "捐监" "冒赈" 的红利？他们不知道，那个编了七年的弥天大谎还能不能继续编下去？他们不知道，如果这个谎言被揭穿了，他们的脑袋还能不能在脖子上存在下去？

弄巧成拙

　　由于甘肃官员对教派冲突的处置不当，导致甘肃循化厅撒拉族人苏四十三率众起义了，而且还杀死领兵弹压的朝廷命官，进逼兰州。因为甘肃官员自己迟迟不能平息事端，乾隆后来又派和珅和阿桂率军去协助平叛。乾隆觉得这次教民起义，完全是由于甘肃官员办理谬误造成的，陕甘总督勒尔谨难辞其咎。于是，一怒之下，将勒尔谨革职查办，押赴京城，听候处理。这个消息，使得甘肃官场从布政使王廷赞到各级州县官员，一个个都惊恐万状，惶惶不可终日。他们担心勒尔谨的被抓，可能会揭开甘肃捐监冒赈的大骗局。

　　特别是王廷赞，更是像热锅上的蚂蚁，坐立不安：因为自己不得不继承上任布政使王亶望策划的捐监冒赈遗产，心里一直对王亶望的胆大妄为十分愤恨。好在当时王亶望和首席军机大臣于敏中打得火热，为甘肃撑起了一把保护伞。可是现在，朝廷中的保护伞首席军机大臣于敏中去年已经因病去世，朝中没有什么人可以依靠了。勒尔谨没出事前，王廷赞还总想着天塌下来有大个子顶着，有一把手勒尔谨在前面挡着，他这个二把手压力就小很多。但是现在勒尔谨被抓，王廷赞一下子觉得主心骨没了，六神无主。还是王长随提醒他，当务之急，是看看谁当下一任陕甘总督。王廷赞回过神儿来，于是急忙派人去打探消息。

不久，打探消息的人回来了，汇报说皇上宣布了，由李侍尧代理陕甘总督。

什么？李侍尧？！

王廷赞惊得差点儿从椅子上蹦起来。为什么？因为李侍尧去年刚刚被判了"斩监候"，现在应该在监狱里等死才对，怎么又当上陕甘总督了？

"不是我不明白，这世界变化快"呀！

那么，这个李侍尧是谁呢？这个李侍尧可不是一般人，他是乾隆皇帝最为赏识的干将、能臣之一。李侍尧是根正苗红的高干子弟，他的四世祖李永芳娶了清太祖努尔哈赤的孙女，被尊称为"抚顺额驸"。李侍尧的父亲也是高官，曾当过户部尚书，相当于今天的财政部长。李侍尧虽说是皇帝家的亲戚，但他绝对不是纨绔子弟。相反，还非常有才，非常能干。《清史稿》里关于李侍尧有这样一段记载："（李侍尧）短小精干，过目成诵，见属僚，数语即辨其才否。拥几高坐，语所治肥瘠利害，或及其阴事，若亲见，人皆悚惧。"就是说李侍尧这个人个子不高，但机敏过人，凡是他看过

尚書額駙公福　字寄

欽差大學士公阿　陝甘總督李　乾隆四十六年五月十

六日奉

上諭向來甘省藩庫收捐監生原因該處出產米穀較少不

得不有藉輸以資眾盍近年以來該處收捐粮石各州

縣倉廩當已充足況行之日久其中轉不免獎寶地方官

既經收捐監發其幕友家人等或竟為利教因緣滋獎

不可不防其漸阿桂現在甘省辦理勦洗逆齣諸事於該

處地方利弊自當隨時體察李侍堯入新甘總督監

粮一事本非其所承辦自應無所迴護而地方因革事宜

到任後亦當悉心體訪實奏聞況伊身殺重譴經朕加

恩錄用諸事尤宜實心查辦以贖前愆更不當稍有瞻徇

著傳諭阿桂會同李侍堯將該省收捐監粮有無情弊及

應否停止之處據實奏聞候朕降旨將此附軍報之便諭

令知之欽此遇

旨寄信前來

的案卷文件，全都过目不忘。他的下属来拜见他，交谈几句话，他就知道对方有没有才干。谈起下属施政的利弊得失，经常切中要害。州县官有瞒着上级的事，李侍尧往往能一语道破，好像他亲眼看见了一样。所以，下面的人都有点怕他。这就是李侍尧：看人，一眼看透；看事，洞若观火；看书看文件，过目不忘。而且，不管是处理官场上的问题还是用兵打仗，都能够妥善处置，不留后患。正因为如此，乾隆皇帝十分赏识李侍尧，称赞他是"天下奇才"。乾隆对李侍尧一直非常器重，常常委以重任。李侍尧先后当过广州将军、户部尚书、湖广总督、两广总督，乾隆四十二年（1777年），以大学士兼云贵总督，成了真正位高权重的封疆大吏。

但是，就是这样一位位高权重的资深总督，却在去年，被第一次出京办案的和珅查出了贪污纳贿的罪行。本来大学士九卿会审已经判处李侍尧"斩立决"了，但是皇上考虑到李侍尧的功劳和能力，以及对自己的耿耿忠心，所以，就依据"八议"制度的规定，对李侍尧适当减刑，改成了"斩监候"也就是死刑缓期执行。想不到他在监狱里待了不到一年，居然咸鱼翻生，又出来了，而且重新坐上了总督的宝座！要说起来，还是甘肃这场突发事件救了他。

那么，李侍尧过来任陕甘总督，这个消息，对王廷赞来说，是"利好"还是"利空"呢？

一开始，王廷赞觉得这是个"利好"消息。为什么？因为，李侍尧是个大贪官呀，既然是贪官，就可以学着以前王亶望把勒尔谨拉下水的方法，把李侍尧也拉下水呀。而且，李侍尧是辽宁铁岭人，而王廷赞是辽宁葫芦岛人，两人还是东北老乡。俗话说，"老乡见老乡，两眼泪汪汪"，如果能够对李侍尧晓之以"利"，动之以情，把他拉下水应该问题不大吧？

想到这些，王廷赞心里稍稍宽慰了一些。于是把王长随叫来，把自己的如意算盘讲给他听，想让他具体去实施这个计划。不料，王长随的一番分析，却把王廷赞的美梦打得粉碎。

王长随认为，李侍尧虽然是个贪官，然而这一次，却是绝对不可能被拉下水的。为什么？因为李侍尧原本是被判了死刑的，现在皇上格外开恩，让他来代理陕甘总督，他心里一定是感激不尽。好不容易有一个活命的机会，他怎么会放过呢？所以，他一定会倾尽全力办事，以求将功赎罪。所以，他不仅不会被拉下水，相反，以他的能力和手段，一旦发现了蛛丝马迹，非查个水落石出不可。这样，他才能在皇帝面前立功，为以后的发展捞取政治资本啊！

真是一语惊醒梦中人啊！王长随的话简直是醍醐灌顶，让王廷赞恍然大悟，同时，也感到脊梁骨阵阵发凉！看来，李侍尧是指望不上了，那么，现在还有谁能当咱们的救命稻草呢？

王长随建议找和珅试试看。为什么？因为，第一，和珅现在眷宠正隆，已有超过当初的于敏中之势。第二，和珅和李侍尧是冤家对头。和珅当初查办李侍尧，就是想把李侍尧置于死地，无奈皇上器重李侍尧，不忍要他性命，所以放了他一条生路。但是，和珅绝对不愿意看到李侍尧咸鱼翻生，再立新功。所以，做做和珅的工作，也许还能让和珅就像当年的于敏中一样，成为甘肃官场的保护伞。

听了王长随的分析，王廷赞觉得自己这个长随真是太有智慧了，简直就是孔明再世啊！于是，按照王长随的建议，立即准备厚礼，前去看望和珅。

那么，王廷赞这次的美梦能否成真，和珅是否会对他施以援手呢？

王廷赞不知道，他心里一点儿底都没有，只是病急乱投医，碰碰运气吧。

王廷赞准备了金银珠宝等丰厚的礼品，到清军大营去看望和珅。此时的和珅，正郁郁寡欢地收拾东西准备回京呢。为什么呢？因为和珅缺乏军事斗争经验和军事指挥才能，他率领的部队在战斗中损兵折将，打了个大败仗。和珅作为败军之将，又遭到皇上训斥，在军中威信扫地，早就待不下去了。可能乾隆皇帝也料想到了和珅的尴尬处境，于是下旨让和珅驰驿回京，陪同皇上去热河。

正在和珅郁闷之际，王廷赞登门求见，并带来了可观的见面礼。这多少让沮丧中的和珅有点感动。王廷赞并不敢讲捐监冒赈的事情，只是说这次苏四十三率众叛乱，我们举措失当，给朝廷和百姓造成很大损失。皇上龙颜大怒，我们惶恐不安。恳请和大人回京后能在皇上面前为我们多多斡旋，免得我们重蹈勒尔谨的覆辙啊！

见王廷赞说得可怜，再加上一大堆厚礼在那儿，和珅也不免安慰几句，并帮着王廷赞出主意、想办法。他想起了皇上实施的一项"制度创新"——"议罪银"制度，于是建议王廷赞给皇上交一些

"议罪银"，用来资兵饷，赈贫民，破财免灾。

这个议罪银制度啊，其实就是一项以钱顶罪的制度，即根据官员犯罪或犯错误情节的轻重以多少不一的银子来免除一定的刑罚。具体操作是由官吏把钱交到内务府（这是皇上的小金库），之后，对于交了"罚银"的有过失官吏，可以根据先前所交"罚银"的多少，有区别地进行从轻发落。而"罚银"则专款专用，主要用于皇上个人的专项开支。据说，乾隆六次南巡，沿途建造了30个行宫，80岁时举行了万寿大典，竟然没有动用国库里的一两银子，都是靠"议罪银"开支的，并且内务府还有剩余。"议罪银"巨大的"吸金"功能由此可见一斑。所以，乾隆觉得和珅真是个理财高手，有和珅替我管钱，永远不用担心钱不够花。这也是乾隆器重和珅的原因之一。此法出台后，立即受到贪官污吏的欢迎，因为不管是什么错，大到财政亏空之类的重大错误，小到在奏折中写错几个字的瑕疵小错，都可以一罚了之。而且议罪银没有统一的标准，由犯错误的官员根据自己的过失和承受能力，自报认罚的数量。议罪银制度化是和珅的得意之作，然而却是一项地地道道的"恶政"。表面看起来既没有增加百姓的负担，又宽绰了皇帝的手头，还警诫了不法的官员，可谓一举多得。而事实上，议罪银实际上起不到惩戒作用，反而变相使贪污侵占合法化，为犯罪提供了保护伞、"免死牌"，因为在官员们看来，只要缴纳的银两足够多，就可以免罪。这其实是加速了那些贪官敛财的力度和速度，加深了清王朝腐败的程度。而以钱代罪，有罪不究，使法律变得形同虚设，更是为清王朝的衰落埋下了祸根。

听了和珅指点，王廷赞感激不尽地回去准备"破财免灾"了。和珅也带着王廷赞的厚礼返回京城。

有句话叫"成功者找方法，失败者找理由"。回京后，败军之将和珅为了给自己的失败找一个冠冕堂皇的理由，以便在皇上面前挽回颜面，就借口说这次打仗正赶上甘肃连绵大雨，道路泥泞，导致大军推进困难，所以影响了作战，乾隆一听立即高度警觉。

因为乾隆对于甘肃的干旱印象太深刻了，为此他还写过一首诗描写甘肃等地的赈灾情况："民贫地瘠是甘凉，加赈年年例如常。"

再加上阿桂在上报军情的奏章中，也多次指出由于当地雨水太多，"大雨竟夜，势甚滂沛"，部队行进艰难。这就使得乾隆联想到过去几年，甘肃每年都报告全省干旱，请求赈灾，不禁疑心大起，心想，甘肃向来年年报旱，为什么今年雨水这么多，这里面会不会有什么猫腻？于是他命令阿桂等人仔细调查一下甘肃这几年的天气情况。

很快，调查结果就报上来了：甘肃这几年风调雨顺，根本没有什么大旱灾。无灾为什么报有灾？很显然，是为了获取国家的赈灾款和赈灾粮。那么，得到这些赈灾款和赈灾粮之后，甘肃官员会如何处置呢？结果可能是不言而喻的。乾隆感到问题严重。

就在乾隆皇帝对甘肃的赈灾情况疑虑重重的时候，王廷赞和王亶望主动要求缴纳"议罪银"的报告更加加深了乾隆对甘肃赈灾的怀疑，并促使乾隆最终下定了严查甘肃赈灾情况的决心。

　　老祖宗留下的许多话仔细想想真的是很有道理，比如"人算不如天算"，比如"善恶到头终有报"，在王廷赞和王亶望身上就得到了充分的印证。

　　咱们先说王廷赞。听了和珅的点拨之后，王廷赞决定捐银4万两，"以资兵饷"。然而，急于摆脱困境的王廷赞实在是太急于求成了，一下子就捐出了4万两白银，这等于是向皇上炫富："我家很有钱哦！"

　　清承明制，官员俸禄微薄，导致了大小官吏普遍贪污受贿的状况。雍正皇帝即位后，为了根治日益败坏的吏治，建立了"养康银"制度，即对各级官吏实行"高薪养廉"的政策，在微薄的俸禄之外增发数额较高的生活补贴金，以使"各官俱有养廉足资"，能够维持体面的生活，希图以此来杜绝贪污。当然，后来的事实证明，在制度和文化环境不变的情况下，高薪还是不能养廉。据《大清会典》所载：地方官员中，总督养廉银一般为一年1.3万到2万两，巡抚为1万到1.5万两，布政使为5000到9000两。王廷赞当上布政使不到四年，每年要支付聘请长随、办公、家用等开支，剩下的积蓄应该不多，但他却能一下子拿出4万两银子来充军饷，家道如此充裕，实在令人起疑。

　　更要命的是，和珅的一番话更加加深了乾隆对王廷赞的怀疑。

　　王廷赞请求捐银4万两以资兵饷的报告刚送到乾隆手里不久，和珅正好从甘肃回京复命，乾隆对王廷赞一下子拿出这么多钱有点疑心，就向和珅了解情况。因为他刚从甘肃回来，对王廷赞等甘肃官员的情况应该比较了解。

和珅当时说："王廷赞莅任甘省藩司有年，其家计充裕，即再加数倍，亦属从容。"（《乾隆朝惩办贪污档案选编》）就是说，王廷赞在甘肃当了多年的布政使，家里还是很富裕的，即使再多捐数倍也不成问题。我们不知道和珅当时这样说是出于何种动机，也许是好心，想为王廷赞开脱：当了这么多年官，有点儿积蓄很正常。但是这句话效果确实是适得其反。因为乾隆觉得甘肃那个穷地方，"官场素称清苦"，王廷赞怎么能有那么多的积蓄呢？所以，和珅这几句话反而让乾隆下定了调查王廷赞的决心。

当然，乾隆表面上还是不动声色，只是给王廷赞发了一道谕旨，称赞他为国分忧的忠心可嘉，同时让他到承德避暑山庄来汇报工作。

从王廷赞的捐银行动，乾隆皇帝又联想到王亶望和勒尔谨。

勒尔谨被革职抄家后，从他的家奴、管门家人曹禄的住处就抄出白银2万两。管门家人就相当于现在传达室的门卫，从门卫家就抄出2万两银子，那勒尔谨本人得有多少银子？

而不久之前王亶望缴纳的议罪银，更是一个天文数字。原来，这一年的正月，乾隆皇帝派大学士阿桂赴浙江查勘海塘工程。阿桂发现有些官员有贪纵不法、虚报经费的情况，立即上疏揭发。此时王亶望身为浙江巡抚，得知消息后十分恐慌，急忙自请罚银50万两，充作修建海塘公费之用。50万两银子并不是一个小数目，浙江巡抚每年的养廉银也不过1万两。能够捐出50万两银子的官员，他

奏為遵

旨覆奏事本月初二日接奉

上諭前王廷贊有奏總積存廉俸銀四萬兩以資兵

餉一摺昨和珅到京復命時朕面加詢問據奏王

廷贊蒞任甘省藩司有年其家計充裕即再加數

倍亦屬從容等語甘省地方本為瘠薄而藩司何

以又攝美缺若云有營私貪黷之事何以王廷贊

在任多非並無聲名不好之處即從前王實望在

甘省藩司任內亦未必竟敢勒索屬員以肥已橐

但王實望於捐辦浙省海塘工程案內竟捐銀至

五十萬兩之多伊在浙未久其坐擁厚貲當即在

臣阿桂臣李侍堯謹

的家资将是一个巨大的黑洞。而他的个人财产，肯定不是工资加上平常的灰色收入那么简单的事。可能王亶望平时花钱太"大手笔"了，觉得 50 万两不算什么，但如此"炫富"，却足以让乾隆皇帝疑心大发。所以，乾隆皇帝虽然答应了王亶望所认罚银，但对如此巨额银两的来源却十分怀疑，密令阿桂严加查访。所以说，这议罪银交多少合适，简直就是一个"哥德巴赫猜想"：既要足以为自己抵罪，又不能多得引起皇上的怀疑，其中的分寸拿捏真是一个高难度动作。阿桂自然想不到这些银子大多是王亶望任甘肃布政使的时候贪污的赃款，只在浙江调查，因而查来查去，始终找不到有力的证据。就在这个关键时刻，甘肃发生了苏四十三的起义事件，这位"机关算尽太聪明"的王亶望万万没有想到，他再算也算不过老天，甘肃连日的大雨终于让他的如意算盘全部落空了。

连年旱灾，却阴雨绵绵；地瘠民贫，却官员富足。一连串的怪事让乾隆皇帝意识到：自己可能被骗了！感觉自己可能当了多年"冤大头"的乾隆，心里的怒火直往上撞，一口气连发四道谕旨：

一、派人到甘肃召王廷赞到热河觐见；

二、传谕当时正在甘肃的大学士阿桂和署理陕甘总督李侍尧调查甘肃捐监一事，特别要注意严查甘肃捐监有无冒赈情节；

三、命留守京师的大学士英廉提讯已被革职并被押解到京的前任陕甘总督勒尔谨，令其交代甘肃是否存在捐监冒赈情况；

四、命闽浙总督陈辉祖查讯时在浙江的王亶望。

王亶望和王廷赞因为做贼心虚，积极而慷慨地缴纳大笔的"议罪银"，本以为这样可以为自己开脱，没想到反而弄巧成拙，引起了乾隆皇帝的怀疑。于是，在乾隆皇帝的亲自指挥下，对甘肃历年来的捐监情况开始了全面的调查。然而，令乾隆没有想到的是，勒尔谨、王亶望、王廷赞三个人虽不在一起，但好像约好了似的，对于捐监冒赈一事全都矢口否认。而对甘肃大小官员的调查结果也惊人地相似，所有人都不承认有捐监冒赈之事。乾隆的怀疑没有得到任何的证据支持。

难道是自己的怀疑错了？不可能啊！乾隆对自己向来充满自信，他决心要查个水落石出！但是，从哪里寻找突破口呢？

案中有案

两任甘肃布政使王亶望和王廷赞做贼心虚，先后慷慨解囊，向皇帝缴纳了巨额的"议罪银"。本想减轻罪责，没想到弄巧成拙，反而引起了乾隆皇帝的怀疑。再加上和珅、阿桂等人关于甘肃连日大雨的奏报，使乾隆对甘肃连年大旱、捐监赈灾的报告更加怀疑，于是派出多路人马，对甘肃捐监一事展开调查。然而，令乾隆没有想到的是，勒尔谨、王亶望、王廷赞三个人虽不在一起，但好像约好了似的，对于捐监冒赈一事全都矢口否认。而对甘肃大小官员的调查结果也惊人地相似，所有人都不承认有捐监冒赈之事。乾隆的怀疑没有得到任何的证据支持。

先看对王亶望的审问。

乾隆皇帝命闽浙总督陈辉祖审讯王亶望，但他却不知道，陈辉祖的弟弟陈严祖在乾隆三十九年（1774年）至乾隆四十二年（1777年）期间正在甘肃担任官职，这段时间是王亶望在甘肃捐监冒赈干得正欢的时候，陈严祖也早已卷入其中，陈辉祖对此心知肚明。为了保护自己的弟弟，陈辉祖对王亶望的审问也就是走个过场而已，没有取得任何实质性的收获。王亶望供称："风闻有折色之事，当即责成道府查禁结报，且意在捐多谷多，以致一任通融。"（《乾隆朝惩办贪污档案选编》2）意思是说，他在办捐过程中，确实听说过捐监改收粮为收银一事，但这是其下属私自所为，他曾经就此事责备过下属，后来考虑到收银后可以补购粮食，所以也就不了了之。王亶望此供，不但不承认冒赈贪污，而且将改收折色的责任全部推到其属员身上。而且他特意强调他的本意在于捐多谷多，至于分肥入己之事绝对没有。

再看勒尔谨是怎么说的。

此时，因甘肃回民起义被革职的前任陕甘总督勒尔谨已经被押解到京城，留守京城的大学士英廉奉旨提讯勒尔谨甘肃捐监赈灾一事。不料勒尔谨早有一套说辞，他说："我最初奏请恢复捐监粮时，并无折色收银一事。后来风闻有折色之说，也问过当时的布政使王亶望，但王称并无其事，于是我信以为真，没有再过问。"（《乾隆朝惩办贪污档案选编》2）

王廷赞的供词也令乾隆非常失望。

乾隆四十六年（1781 年）六月初，王廷赞终于到达热河，军机大臣会同大学士、九卿立即遵旨讯问。王廷赞的供词与勒尔谨、王亶望如出一辙，也说对于捐监的事他只是宏观把握，具体事务都是由兰州知府和其他属员一手操办的，把自己的责任推得一干二净。

乾隆意识到，光这么问是问不出什么名堂的。因为如果没有真凭实据，王亶望、勒尔谨、王廷赞等人就会不断地狡辩、搪塞、推诿。而如果没有证据就处罚大臣，不仅不能让当事人心服口服，也会让其他大臣寒心。而且，乾隆很懂得维护大清法律的尊严，他不想给自己留下一个随意出入人罪的历史形象，他要以事实为依据、以法律为准绳来给这些人定罪量刑。

于是他命令清查与甘肃捐监有关的所有官员的财产。这可是一项工作量极其巨大的调查，等于是在全国开展调查了，因为查官员的财产，既要查其任所，也要查其家乡，而且当初参与捐监的官员有些已经调到其他地方当官儿了。但是乾隆不管这些，他就像一个执着的侦查员，不达目的决不罢休！

同时，谕令身在甘肃的阿桂、李侍尧，要求二人将甘肃捐监案的内在情形迅速查明，务必水落石出。勒尔谨、王亶望、王廷赞这三个省里的主要领导不是把责任都推给下属了吗？那就接着往下查，把每一个相关人员都审一遍！乾隆心想：我就不信找不到透风的墙！

阿桂、李侍尧接到乾隆皇帝的旨意后，自然不敢怠慢。可甘肃捐监积弊已久，冒赈也已历经数年，而这么多年甘肃各级官员没有一个人对朝廷举报，可想而知通省大小官员恐怕是无不染指，极有可能是集团作案。面对这样一个密不透风的集团，阿桂和李侍尧也在苦思冥想，到底要从哪里下手呢？

就在调查陷入僵局的时候，京城里忽然发生的一个看似不相干的案件，却为甘肃捐监的调查打开了希望之门。

乾隆四十六年（1781年）六月二十四日，也就是王廷赞奉皇上旨意到达热河不久，位于北京前门地区的联兴帽铺店主张度仲，拿着沈阳源有通帽铺的伙计何万有寄存在店里的衣褡报官。据张度仲供称：三天前，联兴帽铺突然来了一位熟客——盛京（即沈阳）源有通帽铺的伙计何万有。张度仲亲自将他迎进来后，还没顾上寒暄，行色匆匆的何万有便将一副衣褡交给张度仲，托他代为保存一段时间。因为联兴帽铺一向与源有通帽铺有生意往来，所以张度仲虽然疑惑，但也不便推辞，当场收了下来。何万有随即匆忙离开，不知去向。张度仲收藏衣褡时，发现衣褡非常沉重，其中必然藏有物品，当时便起了疑心，但由于有承诺在先，也没有打开来瞧，只是如约将衣褡收藏起来。然而，就在这两天，京城风传甘肃捐监积弊案发，王廷赞此时正在热河避暑山庄觐见皇上，据传已经被扣押审讯。张度仲知道源有通帽铺的背后东家就是现任甘肃布政使王廷赞，当即联想到可疑的衣褡一事，立即打开检查，结果发现衣褡内藏有60根金条，共重471两。按照当时的金银比价，这60根金条就值将近1万两银子。当时黄金是十分稀少之物，张度仲一个普通老百姓，哪里见过这么多钱，吓得目瞪口呆，想到源有通帽铺是王廷赞出资所建，这位联兴帽铺店主"恐有妨碍"，于是就赶紧跑到衙门报案来了。

留守京师的大学士英廉得知事情经过后，如获至宝，认定这是甘肃布政使王廷赞刻意在转移赃款，立即将此事报告皇上。

乾隆听说这个寄放金条的何万有是沈阳源有通帽铺的伙计，而沈阳源有通帽铺的背后东家又是王廷赞，十分兴奋，立即下令奖励举报人联兴帽铺店主张度仲，并发出告示通缉何万有，并在从北京到盛京的必经之地通州、山海关设下关卡，务必要将其捉拿归案。

然而当讯问王廷赞时，他却一口咬定60根金条是在甘肃用银子换的，"想到京里仍变换银子"，以作"甘肃军需杂项之用"，把金条交给"向常认识之何姓"托其代为兑换。听起来，这个理由倒也冠冕堂皇，看不出有什么不妥之处，还显得王廷赞一心为国，以实际行动支持朝廷在甘肃的作战。

不过，王廷赞冠冕堂皇的"正当理由"很快就露馅儿了。

一个多月后，官府在蓟州的激溜客店发现了因为被官府追得走投无路而自杀的何万有的尸体及其遗书，60根金条一事真相大白：

原来，王廷赞接到皇上召自己去承德避暑山庄觐见的谕令后，担心此行凶险难料，但是圣意难违，也不得不去。为谨慎起见，他决定把自己这些年积聚的财产转移出去。这60根金条正是王廷赞想要转移的财产，由王廷赞的心腹交给何万有代为保管。后来，何万有因为觉得风声太紧，就将藏有金条的衣褡寄存在一向有生意往来的联兴帽店。没想到联兴帽铺的店主胆小怕事，"恐有妨碍"，居然跑到衙门报了案。随即牵出了60根金条的主人王廷赞。随着案件的调查，官府发现，王廷赞转移的财产还不止这些，他的心腹长随王亮侯也帮着王廷赞转移了金叶4封（共401两多）和白银106封（共

6700两）到自己的家乡。

不过，尽管王廷赞转移财产证据确凿，但却并不能证明他转移的财产是从甘肃捐监冒赈得来的。因为清代官员经商非常普遍，比如和珅就是经商的高手，开有当铺、银号几十座。王廷赞和王亶望等许多官员都和和珅一样，在当官的同时，还经营着许多生意。但是，王廷赞的这些巨额财产，仅仅是经商所得吗？

王廷赞当然不会承认这些财产和甘肃的捐监冒赈有关，他甚至不承认自己知道甘肃有捐监冒赈之事，把责任都推到了下级身上。对王廷赞的审问再一次陷入困境。

不过，"山重水复疑无路，柳暗花明又一村"。就在乾隆为这几个死硬到底的封疆大吏头疼的时候，甘肃方面传来了令人鼓舞的好消息：阿桂和李侍尧在甘肃的调查取得了重大突破！

一开始，面对铁板一块的甘肃官场，阿桂和李侍尧的确有点无从下手。幸好精明过人的乾隆皇帝想出了下手的地方。乾隆要他们两人重点清查王亶望任甘肃布政使期间，各道府州县负责结报捐监银两的都是什么人。很快，阿桂、李侍尧就整理出了一份王亶望任内历任道府及州县官员的名单报给皇上。

看着这份长长的名单，乾隆皇帝有了一个惊人的发现！在这份几乎囊括甘肃全省官员的名单之外，乾隆发现了一个关键的"局外人"！他有可能使案件真相大白。那么，这个"局外人"是谁呢？

乾隆告诉阿桂和李侍尧："臬司即系局外人。"臬司就是按察使，也就是省一级的监察官。明清时期，布政使管"民政"，按察使管"刑名"，如果说巡抚相当于省长的话，那么布政使就相当于分管民政赋税的副省长，按察使则相当于分管司法监察的副省长。按察使拥有监督全省官员的权力，包括总督和巡抚。像所有的监察官一样，按察使可以"风闻言事"，也可以"封章密劾，直达御前"。所以，它是清代监察系统中非常重要的一环。

真是一语点醒梦中人！皇上的一道谕旨让阿桂、李侍尧茅塞顿开。马上派人将甘肃按察使福宁"请"到总督府来。福宁一路上是惴惴不安啊！心想，新任总督找我会是什么事呢？

见礼之后，李侍尧也不寒暄，单刀直入地问道："臬台大人，你知道甘肃捐监赈灾过程中有什么不合法的事吗？"

福宁一下子就愣住了，不知道该如何回答。因为不管如何回答他都有过失。为什么？甘肃出了这么大的案子，作为按察使，如果他不知道，那是他失察渎职；如果他知道了却没报告，那更是失职渎职。无论怎样，他都免不了受处分。所以这位堂堂的按察使吓得站在那儿不停地用袖子擦汗，一句话也说不出来。

看到福宁紧张成这样，李侍尧又放缓了语气，温言安慰道："福大人，你也不必过于紧张。我们都知道，你是臬司，完全是局外人，这也是皇上的原话。"福宁大感意外，有些不相信地问道："皇上真这么说的？"李侍尧肯定地回答："对，皇上英明，知道捐监赈灾之事不是你的职责范围。福大人，你只需要将你所知道的甘肃省捐监赈灾情况如实报告皇上，就完全脱了干系。"

闻听此言，福宁是又惊又喜啊！这几年，由于担心自己在甘肃官场无法立足，所以，他对于全省上下通同舞弊、冒赈捐监之事虽然也知道一些，但是却不敢弹劾，就这样每天装聋作哑地混日子，其实心里也很纠结。现在皇上让李侍尧严查此事，如果再不说，那错误就更大了。

所以，福宁当即将他所知道的甘肃省捐监内幕和盘托出：

一、甘肃自开捐之始，便是收银子，而不是收粮食。

二、外省捐生全部到省城兰州报捐，省内各州县也在兰州办理捐监手续，颁发监生执照。各州县领回的折色银两，也没有用来买粮食补还仓库。

三、放赈时，王亶望从来没有前往灾区察看，各地的受灾分数均由他一个人说了算，放赈时也不派官员监视。即使事后盘查，各州县具文申报，道府按季出结，也全是弄虚作假、虚应了事。

福宁的供述有力地证明王亶望就是私收折色的始作俑者，而不是像他自己所说的那样是其下属所为。

至此，调查捐监的事算是有眉目了。那么冒赈的事如何呢？

这个福宁就不太清楚了。因为福宁是按察使，一来不经手捐监赈灾的具体业务，二来其他官员做事也都防着他，所以他所知有限，具体到王亶望是如何用冒赈开销掉捐监的银子的，福宁也无法提供更多的线索，只是说甘肃省各地方报灾数目全部由布政使司决定，如果要了解更多，只能去查阅王亶望任内各属报捐实收及冒赈开销的原始账簿。

于是，李侍尧连夜调阅了布政使司的账簿。咱们前面讲过了，布政使司可以让人查的账，都是经过精心伪装的假账。上次精明干练的查案高手袁守侗来检查，也没有发现任何破绽，回京后还向乾隆皇帝奏称说：所有的账目都查过了，没有问题。那么这次，李侍尧能查出问题吗？

李侍尧还真不愧是乾隆皇帝所称赞的"最能办事之人"。仔细看完账本之后，李侍尧竟然发现了一个重大巧合：即，凡是捐监人数多的地方必然有干旱，赈银也开销得多，而捐监人数少的地方则少有灾赈。实收捐生之多寡竟然与各州县被灾之轻重如此契合，难道老天爷知道哪里捐来的钱多，就在哪里闹灾荒吗？显然这绝对不是偶然的巧合，而是王亶望与地方下属串通侵蚀、冒赈开销捐监款的实证！做假账的人没有注意掩盖这个细节，想不到却被李侍尧看出了破绽。

当然，光凭这一点还不足以确定冒赈一定存在，世界之大无奇不有，也许真的就这么巧合呢！所以，还必须找到其他更为有力的证据。

真是皇天不负有心人啊！翻着一摞一摞从表面看形式要件一应俱全、毫无破绽的报灾单，李侍尧忽然想到，何不实地去调查一下？哪个地方有没有灾害，不能光看报灾单，直接去问一下当地的老百姓不就清楚了吗？于是，李侍尧找出一些时间和距离都比较近的报灾单，派人分别去报灾的当地进行实地调查。不久，调查的人回来了，汇报说报灾单上记载的灾害十之八九是假的，当地根本没有那些灾害！

就这样，经过实地勘察，假报灾的事也搞清楚了，而且是证据确凿！

至此，折色捐监和冒赈开销的事情总体算是查清楚了，的确是确有其事。

那么，那些凭报灾单分到各州县的钱最终又干了什么呢？是花在老百姓身上了，还是官员们自己装腰包了呢？也就是说，下一步的调查，必须具体到甘肃省的每一个涉案官员，查出他们有没有将这些钱分赃入己，如果有，又是如何舞弊分肥的呢？这可是涉及定罪量刑的关键问题。

要把这个问题查清楚无疑是最难的。因为甘肃捐监冒赈长达七年之久，通省大小官员几乎无不染指，他们都知道其中的利害关系：查出来是要掉脑袋的！所以早已形成严密的攻守同盟，上下沆瀣一气，蒙混隐瞒，谁也不肯实说。即使有说的，也只是承认历年办理赈灾时有以轻报重、户口以少报多的情况，一旦涉及冒赈舞弊的关键，这些人要么就沉默不语，要么就说这些报灾得来的钱其实还是办了为百姓修桥铺路等公益事业了。就这样审问多日，竟然没有任何实质性的结果，案件的调查又陷入了僵局。

谁也没有想到，最后打破这一僵局的竟然是一个微不足道的小人物——皋兰县户房的书吏。

皋兰县是甘肃省首县，所谓首县，就是州、府、行省、布政使司等行政单位治所所在的县，也就是首府中的首府。

户房是什么呢？就是各府厅州县掌管民事财政的机构。为了和中央的"吏、户、礼、兵、刑、工"六部业务相对应，各级地方政府的衙门里一般也设有"吏、户、礼、兵、刑、工"六房。户房的职责为"经管应徵解给、夏税秋粮、丁差徭役、杂课等项"。（〔清〕黄六鸿《福惠全书·莅任·看须知》）

书吏是什么呢？书吏啊，是清朝各级衙门里的办事员，秉承主官意旨，承办公事，属于雇员性质。我们现在一般把"官吏"合在一起说，但是在古代，"官"和"吏"是不一样的。所谓"官"，即朝廷命官，由考试出身，都有品级；而"吏"的地位则低得多，他们是招雇而来，下则为差役，上则做书吏，往往是父子师徒相传为业，没有品级。书吏在衙门里专门负责文书处理和档案管理等工作。

那么，皋兰县户房一个小小的书吏，又是如何使案件的调查向前推进，直至取得重大突破的呢？

一网打尽

在乾隆皇帝的遥控指挥下，经过阿桂和李侍尧等人的深入调查，甘肃省折色捐监和冒赈开销的事情总体算是查清楚了，确有其事。接下来要查的就是最关键也最难查的问题：这些经过捐监冒赈分到各州县的钱最终干了什么？是花在老百姓身上了，还是官员们自己装腰包了？如果有舞弊分肥的情况，那又是如何分的、数额多少？这可是涉及定罪量刑的关键问题。

然而，因为涉案官员都知道其中的利害关系：查出来是要掉脑袋的！所以谁也不肯实说。审问多日，竟然没有任何实质性的结果，案件的调查又陷入了僵局。

谁也没有想到，最后打破这一僵局的竟然是一个微不足道的小人物——皋兰县户房的书吏。那么，皋兰县户房一个小小的书吏，又是如何使案件的调查向前推进的呢？

原来，李侍尧苦思多日后，终于想到地方州县报灾散赈，必然先有文书，而文书则必须经过书吏之手，如果有文书留底，那不是最好的证据吗？

于是，李侍尧立即派人将皋兰县户房的书吏全部秘密逮捕，分别隔离，严刑审问，让他们交出真账本。终于有一名书吏忍受不住酷刑，交代说手中藏有一本乾隆四十年（1775年）的散赈清册，其中记录的散赈为实放数目。也就是说，这是一本"暗账"。只要把明账、暗账一对比，有没有舞弊分肥就一清二楚了。

这本账簿本来是应该销毁的，当时扔进火堆后，因为机缘巧合并没有完全烧完，关键信息都还在，后来被这名书吏悄悄藏了起来。于是，这本残缺不全的账簿成为皋兰县前任县令程栋借赈灾之机大肆冒销侵蚀的有力证据。

前任皋兰县令程栋现任刑部员外郎，被立即逮捕送交刑部审讯。在证据面前，程栋不得不老实交代。据程栋交代：他在任皋兰县令的时候，由于皋兰县是首县，县衙和兰州知府衙门、布政使衙门、总督衙门其实都在兰州，而他的官儿最小，所以，知府衙门、布政使衙门、总督衙门里许多杂七杂八、迎来送往又不好处理的花费就都到他这儿来开销，总督勒尔谨进贡，每年也要从皋兰县拿走2000或3000两的帮费银。王亶望就更是花费无度，每年为他花的钱不下2万两。为此，王亶望特别允许程栋每年多报灾，多领赈灾款，两年冒领之数就有10多万两。（《乾隆朝惩办贪污档案选编》）

刑部审问人员又问程栋：王亶望既然允许你每年多报灾，那其他县恐怕也有类似情况。甘肃每年如何浮报冒领赈灾款，各州县如何分肥，你作为首县不会不知道吧？

对此，程栋却是竭力否认，他说，各州县如何分肥，只有王亶望和蒋全迪知道，因为他们俩"相好如一人"（《乾隆朝惩办贪污档案选编》），如何确定各地的灾分，都是他们两个一起商定的。

看来，前任兰州知府蒋全迪也是个关键人物！

蒋全迪后来跟着王亶望到了浙江，现任浙江宁绍台道。作为和王亶望一根绳上的蚂蚱，蒋全迪也被立即逮捕送交刑部审讯。

蒋全迪一开始嘴很硬，什么都不说。后来刑部的人没耐心了，大喊一声："上夹刑！"就把蒋全迪给夹住了。严刑之下，蒋全迪忍受不住，终于竹筒倒豆子——全说了。

原来，他与王亶望串通勾结，所有给发的空白监生执照收据及报灾分数全都由王亶望与蒋全迪预先派定，而所收折色银两又借赈灾之机任意开销。对于善于逢迎讨好的属员，就多发监生执照收据，令其多报灾分，以冲抵进项，从中分肥入己；对于那些不善迎合的属员，则少发执照收据并令其少报灾分。

灾分就是钱哪！各州县是凭着灾分来领取救灾款的。为了多得灾分，各州县想尽办法巴结王亶望，当时甘肃官场就流传一句口号："一千见面，二千便饭，三千射箭。"（《乾隆朝惩办贪污档案选编》）意思是说，送1000两银子给王亶望不过能见上一面；送2000两银子，王大人赏脸的话，有望留吃一顿便饭；送3000两银子，王大人高兴，会和送礼的人一起拉拉弓、射射箭、练练骑射，以示关

臣等遵

旨會同大學士九卿及袁守侗等將全迪嚴行夾訊據供

我與王亶望素常相好諸事與我商量在甘省一切報

災辦賑俱係與我商定隨意開報各屬員給過我銀子

及與我買物件未曾發價我丁憂離任時他們屬員

都帮我程儀數百兩至數千兩不等一時記憶不清寔

在都是有的況他們都已供出我更有何辦至王亶望

保舉我辦海塘縂辦得不多日並無別項分肥詫措之

事但我受

皇上厚恩自己昏慣貪心做這樣該死的事實在辜負

天恩惟求將我明正典刑以為貪婪不法者戒等語除臣等

另行定擬具

奏外謹將刑訊供詞先行呈

覽謹

奏

系更近一层。

另外，如果下属要想升迁提拔，也必须给王亶望送大把的银子，必须按照"一千见面，二千便饭，三千射箭"这个潜规则办事。

而且，对于朝廷明令禁止的"坐省长随"，王亶望是既不禁，也不止，反而鼓励其发展。在清代几万人的长随队伍中，有一类专门用来和上级衙门搞关系的人，他们被称为"坐省长随""坐府长随"，这或许是后来"驻京办""驻省办""驻市办"的"先驱"吧。最初的坐省长随及坐府长随，只是为接待到任官员而设，后来其职能演变为传递信息、为上司办事等，以至于后来坐省长随的主要工作或者说唯一的职责就是与各上级官员的家人、幕友、吏胥拉关系。本来，法律明令禁止各州县向省、府两级衙门所在地派驻长随，违反者将受降级留任的处罚，纵容这种行为的上级官员将受到罚俸革职等行政处罚，但为了获得上级衙门的内部信息，保持与上级官员的亲密联系，州县官们往往置法律于不顾，在府、省两级衙门所在地设置了数目不等的坐省长随、坐府长随。

王亶望在任时，令各下属州县官员专门派出自己的贴身"长随"守候在省城，建立"驻省城办事处"。这些人在省城，就专门负责与王亶望的家人交朋友，拉关系，探听信息。凡有属员馈送王亶望金银时，就装入酒坛内，用泥封好，由这些"坐省长随"送进。王亶望在短短数年间聚敛了几百头骡子才能拉完的家财，其中大部分是通过"坐省长随"来完成这些"交易"的。（《乾隆朝惩办贪污档案选编》）

程栋和蒋全迪的交代使得案情取得了重大突破。特别是皋兰县作为甘肃省首县，为一省之耳目，皋兰县一经突破，其他大小官员再也沉不住气了。

自从勒尔谨被革职逮捕、王廷赞被召去承德避暑山庄，甘肃大小官员群龙无首，惶惶不可终日。随着按察使福宁、前兰州知府蒋全迪和前皋兰县令程栋的陆续交代，其他官员感到，到了这个地步，真是退无可退，避无可避。而乾隆皇帝又再次发来谕旨，申明"各员如果能将冒赈分肥各款逐一供认，据实禀明，毫无隐饰，尚可仰邀格外之恩。如再不实供，……必当加倍治罪，断难复邀宽减！"（《乾隆朝惩办贪污档案选编》）一句话，就是"坦白从宽，抗拒从严"，恩威并施，展开强大的心理攻势。就这样，一度针扎不透、水泼不进的贪污集团终于开始分崩离析了。此后，陆续有官员开始交代，以求得一线生机。至此，甘肃全省上下官员冒赈舞弊的情形已经是证据确凿了。

经过李侍尧一番不遗余力的侦查，甘肃捐监冒赈案终于查得事实清楚、证据确凿了，那么乾隆皇帝会如何处理这些涉案官员呢？

本来，在查案初期，考虑到大清吏治在百姓中的形象，乾隆并不想把甘肃冒赈案的影响搞得太大，他曾经说过："官员果肯吐出舞弊实据，则罚不及众。朕亦自另有办法，断不致通省尽予革职治罪。"（《乾隆朝惩办贪污档案选编》）

随着调查的深入，乾隆的思想越来越矛盾。因为暴露的积弊越来越多，牵连的贪官也越来越多，问题的严重性使得乾隆皇帝认识到："如此彻底一办，合省地方官皆为有罪之人。"（《乾隆朝惩办贪污档案选编》）这让乾隆感到非常纠结：如果彻底查办通省官吏，则大清吏治在百姓心中丢分；如果不彻底查办，则皇上在群臣心中失去威信。他在谕旨中也说："不可不彻底查办，但人数未免太多……"（《乾隆朝惩办贪污档案选编》）个中滋味，真是不能与外人道啊！

随着案件接近尾声，令人触目惊心的调查结果逐步呈现在乾隆面前：

从乾隆三十九年（1774年）王亶望开始捐监冒赈开始，到乾隆四十六年（1781年）六月停止捐监时为止，甘肃共收捐监生27万多名，折收捐监银两在1224万两以上（《乾隆朝惩办贪污档案选编》）。在这笔巨款中，确实有一小部分是拿出来采买粮食作为赈灾用的，但大部分则源源不断地流进了大大小小各级官员的腰包，其数目不会少于白银1000万两，相当于当时全国每年财政总收入的1/5到1/4。而涉案人员则包括总督勒尔谨，两任布政史王亶望、王廷赞等全省上下各级官员113人。

而且，为了使捐监的丰收场面看起来更逼真，在过去的几年间，甘肃曾经报户部批准，以捐监粮食太多，粮仓不够为由，申请新建粮仓26座，用银16万多两，工程款在所收的捐监仓费银中列支，工程报工部核销。粮仓工程有申请有图纸，有预算有决算，做得天衣无缝。本来，甘肃捐监根本就没有收粮，连原有的粮仓都装不满，可他们还偏偏申请增建粮仓，一方面，使得捐监的大戏演得更像真的；另一方面，甘肃官员们借此又得了一笔实惠：粮食是子虚乌有，粮仓是子虚乌有，送到户部、工部的申报材料、预算决算、工程图纸等等一切都是假的，只有落到官员口袋里的银子是真的。

那么，这种大规模的集团贪污如何能够成功运转呢？当然要靠层层贿赂。甘肃官场的贿赂之风同样令人惊叹：

甘肃官场上无钱不办事。总督勒尔谨在甘肃花销无度，省里的财政归他随用随取，俨然成了自家小金库。每年过年过节都会收受下属馈送的大笔银两，对家人的勒索行为不闻不问，咱们前面说了，他们家看门的奴才都拥有2万两白银的资产。

王亶望的贪婪就更不用说了，"一千见面，二千便饭，三千射箭"的口号甘肃官场人人皆知。而且，王亶望有一套有"腐"共享的理论：腐败的人越多，腐败的面越广，腐败者就越"安全"，所以王亶望拉大家来共同致"腐"，使甘肃省的信"腐"指数在全国高居榜首。

就连原本是"出淤泥不染"的清官王廷赞，最后也被腐蚀了。在甘肃官场这个"大酱缸"里摸爬滚打几年下来，也就既不"清"也不"廉"了，贪污的财产也不比别人少。

这种疯狂地贪污贿赂的结果，就是甘肃正项仓库的粮食和库银的大面积亏空。

署理陕甘总督李侍尧奉旨清查各地监粮，发现不仅没有贮存监粮，而且平时国库应存储的正项存粮也亏空了。甘肃正项仓库亏空粮米 7.4 万多石，地方财政亏空银子 88 万多两。李侍尧奏称，这"俱系历任州县侵亏。查甘肃积弊相仍，折捐冒赈，业已累千盈万，乃于仓库正项复取任意侵欺，甚至应放籽种口粮亦有侵冒。种种昧良舞弊，迥出意计之外"（《乾隆朝惩办贪污档案选编》）。就是说，甘肃不仅所谓的监粮已经有名无实，就是国库中应该保存的种子粮和口粮也被官员们肆意侵占了。

此时，面对铁证如山的破案结果，勒尔谨、王亶望、王廷赞等人再也无法狡辩，只好低头认罪了。在审讯王亶望时，大学士九卿问他"为什么如此大胆"，敢做这种贪婪不法之事的时候，王亶望回答："我做这种事，我起初若想到近日发觉也断不敢做。只是我贪心重了，想上下合为一气，各自分肥；又令该道府等出结存案，希冀可以蒙混；有散赈可以借端掩饰，不至败露出来，所以就大胆做了。"在王亶望看来，官员们上下一气，对付皇上；大家分肥，对付左右；散赈行善，对付百姓，这样的确是一件天衣无缝的事，若不是下大雨引起乾隆皇帝的怀疑，这件事最终隐瞒到底也未可知。

而面对这样一个破案结果，乾隆气得大呼此为"从来未有之奇贪异事！""当以重法治之！"。（《乾隆朝惩办贪污档案选编》）

的确，甘肃此案，案情之严重，情节之恶劣，侵吞银数之多，堪称清朝立国以来罕见的第一大贪污案。以往成百上千的案子，或是单个作案，或是上司伙同三五属员纳贿索财，像这样从总督开始，以布政使为首，"全省大小官员无不染指有罪"，大规模的"上下一气"的集体作案，在清朝开国以来100多年的历史上，还是第一次。

一向以"十全老人"自居的乾隆皇帝现在已经被彻底激怒了：我在这些贪官心中还是至高无上的皇帝吗？恐怕只是一只被耍的猴儿吧？！

当了七年"冤大头"的耻辱让乾隆忍无可忍，他彻底放弃了法不责众的打算，并说："中外人才不乏，断无少此数人便不能办事之理。此而不严行查办，将何事不可为也？"（《乾隆朝惩办贪污档案选编》）

不过，尽管乾隆这样说了，但是，如果完全严格按照法律规定来判的话，甘肃的官儿恐怕就要被杀完了。因为，根据《大清律例》"监守自盗仓库钱粮罪"的规定，犯赃至40两，斩。但是到了康乾盛世的时候，随着生活水平的提高和工资物价的上涨，贪官们贪污的数额也水涨船高了，如果40两就斩的话，恐怕没几个官员能活着了。所以，雍正三年（1725年）以后，判处死刑的标准提高到1000两。

但是，甘肃冒赈贪污大案，由于持续时间长达七年，贪污数额在1000两以下的官员几乎没有，如果严格依法执行，甘肃官场就要被清空了，这对于西北边疆的稳定非常不利。无奈，乾隆只好将执行死刑的标准提高到2万两，但即使这样，最终还是有数十个人头落地：王亶望、蒋全迪处斩刑，王廷赞处绞刑，勒尔谨赐死；其他罪犯斩首56人，免死发遣46人，革职、杖流、病故、畏罪自杀数

尚書額駙公福　字寄

欽差大學士公阿　陝甘總督李　乾隆四十六年八月十

　八日奉

上諭甘省私权折色一案種種齣法營私弊端百出現將首

先倡議侵冒分肥之勒爾謹王亶望將全夥等已分別明

正典刑尧至此案大小各員勾通侵蝕自應按律問擬以

彰國憲而警貪婪但人數較多若概予駢誅朕心有所不

忍自當其贓私之多寡以別情罪之重輕著傳諭阿桂等

將各該犯兩有侵冒銀欸其在二萬兩以上者俱當問擬

斬決在二萬兩以下者問擬應斬監候于情實其一萬兩

以下各犯亦應問擬斬候請旨定奪並開繕清單進呈至

此案為日已久想阿桂等自必辦有就緒所有應行定擬

之欽此

案犯俱著趕緊本年勾到以前具奏毋致延緩將此諭令知

十人，总共处理涉案人员 113 人（《乾隆朝惩办贪污档案选编》）。甘肃官场几乎为之一空。

不仅如此，当初前往盘查甘肃监粮的刑部尚书袁守侗、刑部左侍郎阿扬阿也受到牵连。乾隆认为他们当时办案不力，"均难辞咎，著交部严加议处"。

就连早已死去的于敏中，乾隆皇帝也不放过。对于曾经的宠臣于敏中之死，乾隆皇帝曾沉痛悼念，隆重祭葬，让他入祀贤良祠。想不到后来甘肃案发，王亶望供认曾向于敏中大行贿赂，这下惹怒了乾隆皇帝，想到当初于敏中极力怂恿自己恢复甘肃的捐监，更是怒火中烧！

说："彼时大学士于敏中管理户部，……朕误听其言，遂尔允行，至今引以为过。其时王亶望为藩司，恃有于敏中为之庇护，公然私收折色，……设此时于敏中尚在，朕必重治其罪！"（《清高宗实录》卷 1167）

可于敏中已经死了，怎么办呢？为警示其他官员，乾隆削夺了于敏中子孙的世职，后来又将于敏中撤出贤良祠。

乾隆四十七年十月二十七日，乾隆帝下达长谕，讲述全案经过，训示内外大小官员，应以此为鉴，廉洁守法，并说"若再有以身试法者，即当按法处置"（《清高宗实录》卷 1167）。

至此，这一在清朝的历史上绝无仅有的全省官员大规模集体贪污案算是画上句号了，但是这起案件引发的思考却至今还在继续。

其实，甘肃冒赈案的作案手法并不复杂，但令人匪夷所思的是在长达七年的时间内，"内外大臣，皆知而不举"（《清高宗实录》卷1147），在几乎成为公开的秘密的情况下，全国上下包括籍隶陕甘的科道官员，竟然没有一个人站出来揭露真相，这也是最让乾隆皇帝感到寒心和不解之处。

研究监察法制史的人都知道清朝是我国古代监察法制发展的最高峰，监察制度极其严密，监察法制极其完备，但是，为什么那么严密的监察之法居然失效了？为什么那么完美的赈灾程序居然成了摆设？

这只能说明，乾隆后期，官场上瞻徇顾私、官官相护的问题已经发展到极其严重的程度。

以我们今天的观点来看，如此严重的官官相护问题，是因为清代政治制度的专制性制约了监察法的有效实施。古代的监察说到底还是以皇帝一人之力，来监督百官万姓之众，这个活儿，恐怕只有千手千眼观音能干好。所以，从历史我们就能看出来，监察法实施的效果，有赖于民主制度的保证。清代监察法虽然立法完备，机制也较健全，但是，终究摆脱不了中国古代"以官察官"的窠臼，没有公众的参与，"以官察官"之树往往不尽如人意地结出"官官相护"之果。

另外，从制度和人的关系来看，法律失效，还是因为人的原因。孟子说过，"徒法不足以自行"，白居易也说过："虽有贞观之法，苟无贞观之吏，欲其刑善，无乃难乎？"就是说，如果只有贞观时候的法律，而没有贞观时候的官吏，想要实现贞观之治，不是也很难吗？

　　法律制度虽然严格，但如果负责管理和监察的官员，特别是一把手不能尽职，甚至与其他人互相勾结，以权谋私，制度的优越性当然也就难以发挥出来，最终导致法律徒具虚名。所以，一方面，我们要"把权力关进制度的笼子里"，另一方面，把笼子的钥匙交给谁？如何把钥匙管好？这都是值得我们深思的问题。

乾隆四十七年

和珅查了老朋友

小御史弹劾封疆大吏

乾隆四十七年（1782 年）春天，北京城阳光明媚，繁花似锦，车水马龙，笼罩在康乾盛世的繁华之中。不过，盛世也有穷人，而且是当官儿的穷人。

四月初一这天，当了一年监察官的江南道御史钱沣跑到一位要好的朋友那里借钱，一进门就说："哥们儿，帮我准备 10 吊钱，我要办件大事！"

他的朋友一听就乐了，以为他开玩笑呢！10 吊钱也就 10 两银子，能办什么大事？

钱沣说："你别问啥事，只管把钱准备好就行了。需要的时候我叫我儿子来取，将来如果我不能还你，就让我儿子还给你！"

说得这位朋友更是一头雾水："不就是 10 吊钱嘛，我借给你！干吗整得这么悲壮，好像生离死别似的？你到底要干什么大事啊？"

钱沣还是不告诉他，一本正经地说："这是秘密。你只管备好钱就是了。谢谢啊！我还有事，先告辞了！"说完，就急匆匆地走了。

那么，这个钱沣借 10 吊钱想要干什么大事呢？

原来，就在几天之前，钱沣碰到几个从山东来北京办事的朋友，在和他们聊天的时候，听说山东省的两个最高行政长官巡抚国泰和布政使于易简狼狈为奸，打着为皇上采办贡品的旗号，大肆贪污勒索，索贿受贿，遇到官员提升调补，更是借机敲诈，不送礼就不给办手续。弄得州县官们没有办法，只好挪用公款，勒索百姓。导致山东全省许多州县库银亏空，就是国库的银子短缺，不仅老百姓怨声载道，就是州县官们也是苦不堪言。

听到这个消息，钱沣立刻感到事关重大：

因为山东巡抚国泰和布政使于易简都是国家的封疆大吏，省部级干部，如果这事是真的，那就是一个大案，可能就会牵连一大批官员。

正因为这个事情涉及高官，事关重大，所以钱沣又找了一些老家是山东的人和在山东做官的人调查核实情况，大家说的基本上大同小异，看来此事八成是真的了。但是，这些事大家也都是听说而已，并没有人能够提供证据。

在这种情况下，作为一个监察官，要不要向皇帝报告，要不要弹劾国泰和于易简呢？这让钱沣感到很纠结，一时有点拿不定主意。

一方面，钱沣想要为民除害。因为钱沣是苦孩子出身，父亲是个普通的银匠，家里几代都是中下层的劳动人民，所以，对那些祸害百姓的贪官污吏特别看不惯。他想，山东巡抚国泰和布政使于易简都是国家的封疆大吏，如果他们带头索贿受贿，贪污勒索，督抚向州县官勒索，州县官向老百姓勒索，那全省百姓能有好日子过吗？

而且，他们打着为皇上办贡的旗号，不仅损害皇上的名声，还带坏了整个官场的风气呀！所谓办贡，就是给皇上采办贡品。贡品呢，就是大臣们进献给皇上的礼物。本来，按定制，官员一般只在逢年过节的时候给皇帝进贡，也就是进献礼物。但是，现在有一些像国泰、于易简这样的官员，有事没事总想着给皇上送礼，甚至把进贡当成了最重要的工作来办，导致官场上真正给老百姓办事的人越来越少，吏治腐败，政务废弛。

如果不能及时清除这些贪官，长此以往，必将失去人心，影响到大清的江山稳固啊！

另一方面，他又有点担心。因为，按照清代监察法的规定，御史有"风闻言事"的职责，所谓风闻言事，就是御史只要听说哪个官员有不法行为，就可以而且应当上书弹劾，向皇帝报告情况，至于情况是否属实，可以随后再调查。根据事后的调查结果，如果查出确凿的证据，证明你的弹劾是正确的，那么，你就可以得到加官晋爵等大大的封赏；反之，如果查无实据，则证明你的弹劾是轻率妄言，你就可能受到降级、革职或者戍边就是被发配边疆的处分。所以，如果这个消息是假的，那么钱沣直接面临的后果就是受到上面讲的各种处罚。

　　还有一个让钱沣纠结的原因是，国泰是满洲贵族，当时由于民族歧视政策的存在，普通满人都比汉人的地位高得多，更别说是满洲贵族了。当时的官场上满眼都是汉官阿附满官的场景，很少有汉官敢和满官叫板的。再加上这个国泰骄纵成性，专横跋扈，从来没人敢给他提意见。如果弹劾他，一个是难度大，另一个是万一查无实据，弹劾失败，他回过头来不整死你才怪！

　　就在钱沣犹豫不决的时候，宫中传来的一个消息促使他下定了弹劾的决心。什么消息呢？

　　原来，因为这年春天京师及保定一带久旱不雨，眼看就要影响春播了，春雨贵如油啊！怎么办呢？为了秋后能有个好收成，72岁的乾隆皇帝决定四月初六亲自到天坛祭天祈雨，并且初三、初四、初五斋戒三天。因为当时的人相信，求雨的人级别越高，求雨就越灵验。所以，乾隆决定亲自出马。

　　这个消息让钱沣非常感动。为什么？因为祭天祈雨的程序十分繁杂，祭天仪式不但盛大而且繁缛，仪节不但严格而且枯燥。但是作为"上天之子"的皇帝，虽然平日里威福有加，此时在皇天上帝面前，却必须表现出儿臣的恭敬，所以每一项仪节都不能有丝毫怠慢。光是三跪九叩之礼，就得行好几次。对于一个72岁的老人来说，这真是一个非常辛苦的体力活儿。但是，为了百姓免受旱灾，乾隆愿意这样做。这让钱沣联想到乾隆一登皇位，就在全国范围内免除了百姓拖欠多年的农业税，就是雍正十二年（1734年）以前，所有未交的农业税全部免除。从乾隆即位到现在，已经先后三次普免全国钱粮。而且，乾隆还曾经几次为灾民的困苦生活而落泪。这些都让钱沣觉得乾隆是个勤政爱民的好皇帝，他应该为这样的皇帝分忧。长期的儒家思想教育，也让他觉得，既然食君之禄，就该忠君之事。揪出贪官，既是忠君的表现，也是爱民的行动，更是作为御史义不容辞的责任。皇帝设立监察官，就是让我们监督百官、查吏安民的，如果下面豺狼横行却不能让皇帝知道，那皇上还养着我们这些监察官干什么！

况且，即使弹劾不成，我这个从五品的小官撤了也不可惜，大不了跟着我爹去做银器。发配边疆我也不怕，咱本来就是从云南边疆来的嘛！

就这样，钱沣终于下定了决心，要弹劾山东巡抚国泰和山东布政使于易简这两个封疆大吏。

所以，就发生了我们一开头说到的那一幕。四月初一，钱沣跑去跟朋友借钱，准备一旦弹劾不成，受到了朝廷的处罚，就把这些钱作为自己被发配边疆时的盘缠。那么一个堂堂的御史，怎么会连10吊钱都拿不出呢？

钱沣虽说在国家最高监察机关——都察院供职，专门负责监督百官。上到王公贝勒，下到百官小吏，他都可以纠举弹劾。但是，尽管他权力很大，但级别不高，只有从五品，相当于处级干部吧。而且工资很低，也就是个普通的工薪族。再加上钱沣同情穷人，常常仗义疏财，搞得自己一点积蓄都没有，所以，只好找朋友借钱以解燃眉之急。

不过，因为御史弹劾大臣有严格的保密规定，所以钱沣不能把自己借钱的原因告诉朋友。否则，还会因为泄密而受到处分。

跟朋友谈妥了借钱的事之后，钱沣就回到家认真地、字斟句酌地写了一份弹劾山东巡抚国泰和山东布政使于易简的奏折。

四月初四一大早，钱沣就将写好的弹章放入专门递送折子的小匣子里，贴上封条，通过御史专用的上疏渠道，送到了乾隆手里。钱沣在弹章里不仅揭露了国泰和于易简以办贡为名，贪污勒索、索贿受贿的劣迹，而且还委婉地规劝皇上以后不要接受大臣的贡品了。

那么，这个折子乾隆会如何对待呢？就在不久前，还有几个批评朝政的御史遭到了乾隆的处罚。降级的降级，革职的革职。那么，钱沣是否会遭遇同样的命运呢？

幸运的是，乾隆看到钱沣的奏折后，非常重视。因为钱沣弹劾的这两个人可都不是小官儿。所以，乾隆立刻指示军机处传钱沣到军机处问话。都察院的同事们听说钱沣上了折子，现在军机处叫他去核实情况呢。大家都为钱沣捏了把汗，担心他此去凶多吉少，因为有前车之鉴呀！前面已经有好几个御史因为弹劾大臣被乾隆处分过了。

据军机处的《上谕档》记载，钱沣到了军机处，军机大臣问他，为什么要弹劾国泰、于易简？钱沣回答说，山东巡抚国泰经常以采办贡品之名勒索下属，遇到下属提升调补的时候，还经常索取贿赂，以至于州县官们不得不挪用库银，搞得许多州县的仓库都亏空了。军机大臣问，你是听谁说的？钱沣说，这事我早就听许多人

上谕据御史钱澧奏奏山东巡抚国泰贪黩营私按

照州县肥瘠分股勒派遇有陞调惟视行贿多寡

以致历城等州县亏空武八九万或六七万两布

政使于易简亦纵情攫昒与国泰相坿等语叶佩

蓀由山东按察使陞任湖南布政使国泰等如此

婪贿不法断难该为不知今特派尚书和珅左都

御史刘墉等前往秉公据实查办并带同该御史

钱澧前往断无不水落石出之理著传谕叶佩蓀

即将伊迳前在山东任内所有见闻国泰等如何

贪黩营私之处逐一据实具奏若稍存徇隐将来

和珅等审明叶佩蓀果开叶佩蓀在山东时及

二年必有闻见且此事与伊无涉无庸迴护何有

钱澧摺著抄寄阅看将由六百里传谕知之钦此

此遵

旨传谕湖南布政使叶佩蓀

说过，也跟一些在山东做官的人和山东本地人打听过，陆续知道了这些情节。因为人数众多，一时记不起姓名啦。但我知道历城、章丘等州县仓库确实有亏空，御史有风闻言事的职责，所以我不敢不参奏。

询问完钱沣之后，军机处立即将询问的情况报告给了乾隆。乾隆拿着军机处的报告和钱沣的弹章，心里是什么感觉，我们现在不知道，史料中也没有相关的记载。但是可以肯定的是，乾隆对这个案子十分重视。为什么呢？因为这是涉及封疆大吏的重要案件啊。

除此之外，我想，还有其他的一些原因。

这主要的原因就是甘肃冒赈案对乾隆的刺激。

乾隆四十六年（1781年），朝廷破获了一起轰动朝野的捏造灾情冒领赈灾款的大案，那个时候，钱沣刚刚考选江南道御史不到一个月，正好就赶上了这个案子。这个案子的大致情况是：六七年前，甘肃的官员向乾隆报告说全省旱灾，为了救灾，请求允许在甘肃省捐监。所谓捐监，就是出钱或出粮，购买国子监监生的资格。如果有人考不上秀才，不能凭科举进入仕途，那么取得监生资格，就是进入仕途的第一步，就像现在考公务员必须有大专以上文凭一样。所以，捐监，说白了就是买文凭。

本来，这卖文凭的钱是应该归户部，也就是归国家财政的，但是，甘肃的官员们每年都向乾隆报告说有旱灾。乾隆呢，因为一向比较同情灾民，所以，不仅把这部分钱交给甘肃官员让他们用于救灾，而且还给甘肃200多个州县、乡村发放了赈灾物资，对甘肃免征、缓征钱粮达到 28 次。而那些卖文凭的钱和国家免征缓征的钱粮，被甘肃省的大小官员以救灾的名义私分了。

那会儿也没有电视，就是贵为皇帝也看不到全国的天气预报。所以这件全省官员谎报灾情、贪污国家钱粮的事直到乾隆四十六年（1781 年），因为甘肃的回民起义，才偶然地暴露了。当时，乾隆派阿桂、和珅等人去甘肃镇压起义，前方奏报说连日大雨行军困难。乾隆觉得奇怪：甘肃不是年年闹旱灾吗？怎么现在又"连日大雨"了？于是派阿桂、和珅等找当地百姓调查，得知甘肃这几年根本没有旱灾。一个通省作弊的案子就这样大白于天下了。

当时，可把乾隆皇帝气坏了！就在破获这个案子的前一年，也就是乾隆皇帝七十大寿的那年，乾隆还对自己 40 多年来治理国家的政绩非常满意，志得意满地写了一篇《古稀说》，把自己和前朝历代的皇帝做了个比较，自信满满地认为自己是中国历史上最有作为、最有能力的十全十美的皇帝。但是没想到甘肃冒赈案简直就像给了他一记耳光！全省上下 100 多名官员联手作弊，欺骗老皇帝，假报灾情，贪污赈灾款。而且一骗就是好几年，包括那些作为皇帝"耳目之官"的御史在内，居然没有一个人举报。最终还是精明的乾隆皇帝自己发现了蛛丝马迹，才侦破了这个惊天大案。这让乾隆很受伤：太伤自尊了！我刚说自己有作为，你们就给我上眼药啊！这帮老鼠！把我当猴耍呢？真以为我老不中用了？我要让你们看看我的厉害！

所以，当时甘肃全省上下，大小官员 100 多人被处理，该杀的杀，该罚的罚，整个官场来了个大换血。

钱沣就是在这个时候进入乾隆视野的。当时，整个甘肃官场的大小官员都受了处分，唯独有一位现在虽离开甘肃，但前段时间曾两次署理陕甘总督的官员毫发无损，没有受到任何处分。钱沣认为作为陕甘总督，对甘肃官员的贪污行为不揭发，不举报，有失职的过错，于是奏请追究陕甘总督的责任。一个刚刚出道一个月的御史，就敢于弹劾朝廷督抚大员，这种不畏权贵的精神，恐怕是钱沣给乾隆留下深刻印象的一个原因。

另外，这件事情也促使乾隆反思。为什么从上到下，那么严密的监察系统都失灵了？为什么自己的"耳目之官"，那些御史言官都变成了聋子、瞎子和哑巴呢？为什么没有一个人站出来弹劾举报呢？乾隆想到可能是前几年自己对监察官们太严厉了，搞得御史们现在都噤若寒蝉，不敢说话了。

所以，在处理甘肃这个案子的时候，乾隆决定以钱沣的弹劾为契机，鼓舞一下监察官们的士气，让他们真正发挥"耳目"和"鹰犬"的作用。

于是，他顺势接受了钱沣的奏请，给了陕甘总督一个降级留任的处分。这下钱沣一炮打响，都察院的前辈同僚们纷纷对其刮目相看，而就此，乾隆对钱沣也是另眼相看了。

这甘肃冒领赈灾款的案子结束了。可是钱沣的工作没有结束，他在自己那个御史的岗位上干得兢兢业业，时间一长，乾隆就听到人们对他的评价，说他耿直、清廉。此次，钱沣又上折子，弹劾官员，乾隆自然是十分重视。

而且，乾隆认为，在当前这种贪污成风的形势下，用钱沣这样的人来震慑一下官场还是很有必要的。

只是他弹劾的这两个人都是封疆大吏，不能不慎重对待，不能听信钱沣的一面之词。看来需要派几个人去山东调查一下。如果真像钱沣所说的一样，那对这帮打着为我办贡的旗号侵贪我大清国库的蛀虫一定要严惩不贷！如果钱沣所说的查无实据，或者他们的贪污和办贡没有关系，那到时候再处分他也不迟，也可以让他和那些御史心服口服。那么，究竟派谁去查案好呢？

乾隆组织的调查组

钱沣肯定得去。因为他是案件的举报人，一定会全力以赴地查案。而且他去了可以和其他的涉案人员对质。即使查无实据，因为他参与了整个案件的调查，所以也不会不服。

但是，仅凭钱沣一个人，是不足以和国泰、于易简抗衡的。

钱沣出身于平民之家，没有任何背景，父亲是个普通的银匠，凭自己的努力学习考上了监察官。

而山东巡抚国泰，那是正宗的满清贵族——满洲镶白旗人，姓富察氏。这富察氏是满洲八大姓之一，乾隆的皇后、皇妃中，就有三个姓富察氏的。国泰的父亲文绶，曾是官居一品的封疆大吏，四川总督。国泰的弟弟国霖是皇宫里的头等侍卫，也就是皇帝的高级警卫。

山东布政使于易简，那也不是普通人，他的哥哥于敏中曾经是大学士兼军机大臣，那可是副宰相一级的人物。

所以，这两个人，谁都不好惹。必须再有两个至少与他们实力相当的人和钱沣一起去才行。那么究竟派谁去比较合适呢？乾隆为了这个人选的事情还颇费了一番心思。

再说钱沣，从军机处问完话回到家里，心里也觉得有点忐忑：因为自己这种风闻言事的弹劾毕竟没有真凭实据，而且还批评皇上收受贡品，尽管是委婉的批评，那也是批评呀。万一皇上一生气，还真有可能让他去戍边。想到这儿，钱沣就让家人帮他打点行装，做好了被发配边疆的准备，就等皇上的一纸谕令了。

果然，没过多久，皇上的圣旨传下来了。不过，不是让他去守边疆，而是让他立即跟随军机大臣、领侍卫内大臣兼户部尚书和珅与都察院左都御史刘墉、刑部侍郎诺穆亲等人一同前往山东，调查国泰、于易简是否确有贪污索贿的事实。

奉了乾隆皇帝的谕旨，这四个人当天就点齐人马，驰驿出京，直奔山东。所谓"驰驿"，就是日夜兼程的意思。不过，为了不打草惊蛇，对外只说是要去涿州、德州、江南一带查案。

钱沣上疏弹劾国泰、于易简；军机处传讯钱沣；乾隆派出调查组；调查组驰驿出京……这些，都是乾隆四十七年（1782年）四月初四一天之内发生的事情。72岁的乾隆办事效率还是相当的高啊！

就在乾隆君臣忙里忙外的时候，还有一个人也没闲着。同样是在四月初四这一天，就在乾隆皇帝命和珅、刘墉等人赴山东查案的谕旨下达不久，一骑红尘飞出京城，一名神秘的男子，急匆匆向着山东的方向，快马加鞭，飞驰而去！

那么，这个人是谁？他要到哪里去？他要去干什么呢？这个我们后面再讲。现在，我们先看看这四位钦差大臣路上的情况。

乾隆皇帝派出的调查团队可以说是阵容强大：和珅是军机大臣、领侍卫内大臣兼户部尚书，正一品；刘墉是左都御史，从一品。按说，有这两位大员撑腰，钱沣的查案工作应该容易多了。

然而，钱沣知道调查组的成员名单后，却一点儿也高兴不起来。相反，却有点儿忧心忡忡。这又是为什么呢？

原来呀，这个调查组的组长和珅和副组长刘墉，他们和国泰、于易简都是老熟人、老关系！

山东巡抚国泰经常"奔走于和珅门下"，与和珅的关系非常好，交往密切。与刘墉的关系也不一般。刘墉在当太原知府的时候，国泰的父亲文绶是山西布政使，所以，国泰的父亲是刘墉的老上级啦！

山东布政使于易简呢，也是刘墉的老熟人：于易简的哥哥于敏中和刘墉的父亲刘统勋，当年曾是在军机处共事多年的老同事，刘统勋去世后，就是于敏中接的刘统勋的班。

想到这些，钱沣没法不担心啊！

不过，钱沣虽然是平民出身，没什么背景，而且是个刚当御史没多久的新手，但是血气方刚，锋芒毕露，一心想要建功立业，为民除害。而且，作为这个案子的举报人，到山东能否查出真凭实据，直接关系到钱沣在职场上的升迁降调。查有实据，就会得到升赏；查无实据，就会降级或者发配边疆。所以，钱沣一路上想的就是如何才能把案子查清楚。钱沣想，那三个钦差大臣，个个都比我级别高，而且还都能和国泰扯上关系，这一比三的局面对我是大大不利啊！看来我得找个同盟军，至少让一比三变成二比二平，否则，这案子没法查。

这几个人中，和珅和国泰走得最近，先把他排除了。诺穆亲和国泰都是满人，也不容易争取。剩下的就只有刘墉了。虽然刘墉和国泰、于易简都有一些过去形成的关系，但是，刘墉是汉人，其父刘统勋虽位极人臣，但清廉正直，刘墉本人当地方官时的"官声"也很好。刘墉在湖南当巡抚的时候，有"阎罗包老之称"，就是被老百姓誉为像包公一样的好官。而且，刘墉是山东人，他总不愿意眼看着国泰、于易简祸害他的父老乡亲吧？所以，钱沣打定了主意，一路上一有机会就和刘墉聊天，切磋书法，因为他们俩都是书法大家。钱沣从写字又扯到做人，暗示刘墉要公正无私、不偏不倚。

钱沣的意图刘墉当然明白，其实刘墉一路上思想也不平静。这个刘墉啊，就是传说中的"宰相刘罗锅"。不过，刘墉一生并没有当过真宰相，顶多只是官居大学士，享受宰相的同等待遇而已。刘墉的父亲刘统勋才是真宰相。不过，作为宰相的儿子，刘墉的仕途并不顺利。十几年前，他在山西任太原知府的时候，发生了下属阳曲县令侵贪库银一案，他因为包容隐瞒不揭报亏空而受到严厉的处罚：革职并发往军台效力。如果不是凭着拼命苦干加上父亲首席军机大臣刘统勋的面子，自己能否复出、能否升到今天的位置还真是很难说。所以，刘墉后来总是以此为戒。经过这十几年的苦苦打拼，刘墉好不容易才升到左都御史的高位，掌管大清国的都察院。都察院是清代的最高监察机构，与六部平行，直接归皇帝领导，专门负责监督百官，激浊扬清。除皇帝之外，上到王公贝勒，下到百官小吏，它都可以纠举弹劾。比现在中纪委、监察部职能还要更多一些。在监察别人的过程中，刘墉更感到作为大清国的首席监察官，打铁先得本身硬，是多么重要。

作为钱沣的顶头上司，刘墉对钱沣也很欣赏，钱沣的确是字如其人，字写得刚劲，人做得正直。所以，刘墉在和钱沣切磋书法的时候也暗示钱沣对自己放心。

就在钱沣和刘墉经过切磋书法逐渐走到一起的时候，和珅也没闲着。和珅大家都知道，是清代著名贪官，这几年出镜率特别高。不过此时，他刚出道没几年，正住处在事业的起步上升期，胆子还不是很大，有点小贪，但还没有沦落到巨贪的行列。

和珅呢，一路上也在打自己的小算盘，他想：这个国泰真是不知道收敛啊！前两年就有人对他的贪婪勒索议论纷纷，为了保护他，我还曾经建议皇上把他调回京城，可惜皇上没听我的。这下，娄子越捅越大了！不过，国泰这个人对我还是不错的，每次给皇上进贡，都忘不了孝敬我，而且，他也是我在地方上的一条腿啊！那么这次，到底要不要保他呢？如果弃之不顾，显得不够意思。如果要保，那该如何保他呢？诺穆亲应该是向着国泰的，我们满族官员有事还是愿意互相照应一下的。刘墉嘛，问题也不大，因为国泰的老爸是刘墉的老上级，于易简的哥哥和刘墉的老爸是老同事，汉人讲面子，不看僧面看佛面，估计刘墉也不会为难国泰他们的。关键就是这个钱沣！如果钱沣能和我一条心，事情就好办了。想到这些，和珅在路上就想要拉拢钱沣。他看到钱沣的衣服很旧，就拿出自己的好衣服要送给钱沣，但是，被钱沣婉言谢绝了。钱沣心里想：要了你的衣服，我的官服恐怕就穿不成了。

您看，还没到山东，这几个钦差大臣就开始互相琢磨，暗中较劲了！

这正是乾隆做出这样的人事安排想要收到的效果。为了避免办案人员串通一气，共同作弊，以便得到较为真实的情况汇报，乾隆皇帝组织这个调查团队是经过慎重考虑的：

我们看，刘墉呢，是左都御史，监察百官是其职责所在，而且，刘墉是山东人，对山东的情况比较了解。所以理所当然要派刘墉去。但是，另一方面，以他对刘墉的了解，他当然知道国泰的父亲文绶是刘墉的老上级，当然知道刘墉的父亲刘统勋和于易简的哥哥于敏中是同在军机处共事多年的老同事，这些老关系会不会对刘墉有影响呢？按说刘墉作为山东人，对家乡的事应该了解更多，如果山东那些事连钱沣都听说了，刘墉怎么会不知道呢？如果刘墉知道了，为什么刘墉没有弹劾国泰和于易简呢？

也许，正因为对刘墉不是特别放心，所以，在刘墉之上，乾隆又安排了军机大臣兼户部尚书和珅和刘墉一同查案。这不仅因为户部尚书相当于财政部长，检查国库的银子是否亏空当然也是其职责所在。而且还因为和珅在两年前刚刚办完云贵总督李侍尧侵贪案，和珅在处理这个案子的时候，充分展现了自己查处大案要案的能力，案子办得圆满漂亮，让乾隆非常满意。另外，和珅6岁的儿子丰绅殷德，因为像和珅一样聪明漂亮，讨人喜欢，所以，乾隆非常喜爱，不仅给其赐名丰绅殷德，而且还把自己视为掌上明珠的十公主许配给他，这样，两家就定了娃娃亲，和珅成了乾隆皇帝的亲家。所以，乾隆对于和珅非常信任，不仅相信他的能力，更重要的是相信他的忠心。于是，就派和珅"偕"刘墉共同办理此案。

那么，乾隆是否知道国泰和和珅的关系呢？也许知道，也许不知道。那要是和珅和刘墉联手袒护国泰、于易简怎么办呢？

没关系，还有钱沣呢。清代法律赋予了御史风闻言事的权力，但风闻言事不等于信口胡说，御史列款纠参贪婪官吏，只要有一两条查实，就可以不追究，而且还能得到升赏；但是，如果查无实据，审问皆虚，全是子虚乌有，道听途说，则会受到降级或其他处分。钱沣这次弹劾国泰、于易简，其实也是风闻言事，目前手里并没有真凭实据。所以，作为这个案件的举报人，为了自己的前途和安全，钱沣一定会不遗余力、认认真真地去调查此案。加上御史有向皇帝上密折的权力，所以，别看钱沣只是一个从五品的小京官，对和珅、刘墉照样能形成制约。这就是中国古代监察制度中"以小制大""以下制上"的妙处。当然，如果钱沣为了证明自己的弹劾没错，对国泰、于易简栽赃陷害，那和珅、刘墉也能对他形成制约。

不过，话又说回来，钱沣是刘墉的下属，俩人都是都察院的，要是他们俩之间有猫腻怎么办呢？别忘了，调查组里还有一位满族大臣，刑部侍郎诺穆亲。刑部侍郎就是司法审判机关的二把手，是查处案件的专业人士。史书上对诺穆亲在这个案子中的表现介绍得很少，但是，他的存在，使得调查组客观上形成一种两个满大臣、两个汉大臣互相监督、互相制约的局面。

可见，乾隆皇帝对调查组的安排还真是煞费苦心！这说明什么问题？这说明，乾隆决心要把这件事弄个水落石出。做出这样的人事安排，就是为了保证调查的准确可靠！

靠不住的"靠山"

　　但是，即使这样，乾隆还不放心，一路上，调查组不断接到乾隆皇帝通过六百里加急发来的谕旨，对如何办案提出了一系列指导意见。和珅和刘墉一看：哇！皇上这么重视这个案子啊！那咱们赶紧着吧，别让皇上着急怪罪！

　　于是，一行人快马加鞭，四月初八，调查组到达济南。

　　按惯例，钦差大臣路过的时候，当地官员都会热烈欢迎，热情接待，吃喝一番，再热烈欢送。

　　所以，调查组到达济南后，山东巡抚国泰率手下司员到济南城外迎接钦差大臣。而且，这次来的大部分都是国泰的老熟人，更得好好接待了。国泰心里想，朝中有人好做官，这次难得和大人和刘大人到我的地界上，一定要好好伺候，把他们拍舒服了！

　　但是，让国泰感到意外的是，这一次，气氛却

尚書額駙公福　字寄

欽差尚書和　左都御史劉　乾隆四十七年四月初六日

奉

上諭昨據御史錢灃奏國泰于易簡等貪縱營私遇有題

陞調補勒索屬員賄路以致歷城等州縣倉庫虧空請旨

嚴辦一摺已兩降諭旨令和珅等嚴切查究自能遵照辦

理朕輾轉思維摺內所稱倉庫虧空多至八九萬兩不等

和珅等到彼時逐一比對印冊盤查自無難水落石

出此事尚屬易辦至各屬以賄營求思得美缺一節不特

受賄者不肯吐露實情即行賄各劣員明知與受同罪亦

豈肯和盤托出即或密為訪查尚恐通省相習成風不肯

首先舉發惟在委曲開導以此等賄求原非各屬所樂為

必係國泰等抑勒需索致有不得不從之勢若伊等能供

出實情其罪尚可量從末減和珅等必須明白曉諭務俾

說合過付確有定據方成信讞此事業經舉發斷不得不辦

然上年廿省一案甫經嚴辦示懲而東省又復如此朕實

不忍從廿省之復與大獄和珅等惟當秉公查究據實奏

聞將此由六百里傳諭知之欽此

不太一样。钦差大臣们并没有和国泰过多地寒暄客套，而是要求直奔济南府所在地——历城县城。国泰看到和珅等人反常的表现，心里不禁有点打鼓，不过也没表现出来，还是陪着钦差到了历城县衙。

一到历城，调查组就开始查账。

首先调出县库印册，相当于账本吧，盘查账上记录的县库存银及存粮数。然后，再打开粮库和银库，盘查核对存粮和库银。

在随员盘查仓库的同时，钦差大臣们先将国泰传来问话。

国泰生长于官宦之家，从小就专横跋扈，脾气暴躁，目中无人。这次一看，和珅、刘墉都是老熟人，和珅还是自己的大靠山，所以，尽管国泰心里有点儿忐忑，但还是一副满不在乎的样子。

钱沣看着国泰傲慢的样子，心里有点儿来气，于是，严肃地问国泰："国巡抚，历城库银有没有亏空？"国泰一看钱沣，无名小卒，从五品的小官儿！就你这芝麻绿豆官儿还敢在我这封疆大吏面前撒野！国泰一下子就火了，腾的一下站起来，指着钱沣大骂："你是什么东西，竟敢盘问我！"

钱沣开始一下没反应过来，竟然愣住了！随即，冷笑一声，把目光转向和珅和刘墉，意思是，我是什么身份，你难道不知道吗？我和他们一样，都是钦差！

刘墉一看，国泰太不像话，连最基本的规矩都不讲了！连普通老百姓都知道，"钦差出巡，如朕亲临"。钦差大臣，那是代表皇上的，见钦差如同见皇上，怎么能对钦差如此无礼呢？

于是刘墉脸一沉，"啪"地一拍桌子，对国泰大声喝道："国泰！御史奉旨查案，你敢辱骂钦差不成！"随即，"命隶人批其颊"（《郎潜纪闻初笔二笔三笔》），就是命令手下扇国泰耳光！

这一下，终于把国泰的嚣张气焰打下去了。钱沣也在心里为刘墉喝彩：都是"官二代"，境界怎么差这么远呢？虽说刘墉和国泰都是"官二代"，可刘墉对国泰一点儿都没客气！

国泰一看刘墉变脸了，就想向和珅求助，可再看和珅，也是神情严肃，一点儿也没有为自己说话的意思。和珅心想：你犯这么明显的低级错误，让我怎么帮你啊？

国泰心里这个气呀！心里暗骂和珅光收礼不办事，真不是东西！但是嘴上却是什么都不敢说了。

不过对于有没有亏空的问题，他不回答了！你敢打我嘴巴，我就给你来个"沉默是金"！

看到国泰就像"徐庶进曹营——一言不发"，于是钱沣建议传布政使于易简问话，因为布政使是负责全省钱粮税赋的，相当于现在分管财政的副省长。

于易简态度倒是很好，一脸媚笑，点头哈腰，但说话却吞吞吐吐，只是说："历城的情况我不太清楚，全省那么多州县，我实在还没顾上到历城查看。我想，可能……大概……应该……没有亏空吧？"

看来，现在从这两个人身上问不出什么情况，有没有亏空，还是查完库再说吧。

不过，查库的结果非常出人意料：虽然谷仓缺少仓谷3000多石，但是，银库的库银数量与账册余额却是完全吻合，也就是说，库银并无亏空！

这个结果让和珅、国泰和于易简等人长出了一口气，却让弹劾者御史钱沣倒吸了一口凉气！如果真的弹劾错了，那回去就等着挨处分吧，不是撤职就是流放啊！

钱沣想，不可能是这个结果啊！我调查了许多人，而且都是对历城非常了解的人，他们不可能都对我瞎说呀！不管怎么样，还是先亲自去看看再说吧！

于是钱沣建议各位钦差大臣："各位大人，为了慎重起见，我们一起亲自到银库看看吧！"

和珅一想，反正银子也不缺，看看就看看吧，也显得我没有私心。于是爽快地说："钱御史真是认真啊！好吧，我们进去看看！"

一进银库，眼前的景象真的有点儿让钱沣直冒冷汗：一箱一箱的银子满满当当，排列整齐，几乎填满了整个银库，根本没有巨额亏空的样子！

不过，钱沣很快镇静下来，详细地询问那些检查库银的随员："你们是怎么查的呀？"

随员回答："我们对照账册，清点了库银数量，发现银子并不短缺。"

"有没有拆封检查呢？"钱沣又问。

"抽查了几箱，没有发现问题。因为箱子太多，而且每箱的银子都是有定数的，所以没有全部打开。"

就是说，随员们用每箱银子的数量乘以箱子的总数，得出了库银的数量。

"哦，原来是这样。这样查恐怕不一定准确吧？"钱沣一边说，一边若有所思地围着打开的几箱银子转悠，同时，还拿起两锭银子在手里掂量。

转悠几圈以后，钱沣好像终于下定了决心，很坚决地对组长和珅说："和大人，我认为这样查不清楚，应该把这些库银全部拆封，一箱一箱全部清查一遍！"

和珅一听，心想："钱沣，你想把我们累死呀！"

所以，和珅就有点儿不高兴地说："这些库银随员已经全部清点过数量，质量呢，也抽查过了，这也是常规的检查程序，应该没什么问题了。现在天色不早啦，我们从京城日夜兼程赶到这里，大家都很累了，还是先到馆驿休息吧！"

没想到钱沣的犟劲儿上来了，坚决不走，一再说必须全部拆封检查！

俩人就僵持到那了，谁也不肯让步。这时，刘墉赶紧出来打圆场，说："钱沣啊，今天的确是有点不早啦，眼看太阳就要落山，兵丁们还没吃饭呢！谁愿意饿着肚子干活呢？不如今天先把银库封了，明天我们接着过来查。和大人，您看如何呢？"

和珅一想，也没别的好办法，那就这样吧。封库！

钱沣一看天色果然不早，都夕阳西下了，也只好说："行，就按刘大人说的办吧。"

　　于是，调查组派人拿封条把银库的大门封上了，准备第二天接着查。

　　按说，随员们检查库银的方法也没什么错，银库的箱子堆积如山，一般例行的查库都是随机抽查的。但是，钱沣为什么坚持要全部拆封呢？是不是因为他发现了什么问题？

　　没错。钱沣的确发现了问题。

　　他发现，装银子的箱子虽然是满的，但是，里面的银子成色不一，有些是官银，还有一些是杂色银！

　　什么是官银呢？所谓官银，就是官府存入国库的银锭，一般都是标准的 50 两一锭，而且成色非常好，颜色纯正，没有杂质。那时候，每个省收上来的税款，最初都是散碎银子或是杂色银子，杂色银子就是成色不太好的银子，为了便于统计管理，官府会把这些银子在专业的银楼重新熔化，再铸成标准的官银。官银主要用在军饷、官薪、宫用、各地建设、赈灾支出等方面。民间是不能私自使用官银的，民间通用的货币以铜钱为主，就是咱们过去经常能见到的外圆内方的"孔方兄"，上面写着"乾隆通宝"或者其他什么"通宝"。所以，在官银支出给各地和个人以后，获得官银的单位或者个人，必须将官银再熔化一次，化整为零，炼出新的小块的银锭，不过，一些富户或商人为了出门携带方便，也会将碎银子送到民间的普通银楼再熔铸成大点儿的银锭或银元宝，猛一看，有点像官银，但是由于一般小银楼的冶炼技术较差，所以，民间的银锭成色要差一些，分量也不统一，所以叫作杂色银。这种长得有点像官银的杂色银一般人如果不仔细看，是看不出它们的差别的。

但是，别忘了，咱们这位勇敢的御史钱沣，那可是银匠的儿子，他们家有祖传的银匠手艺，也经常干这种把官银化整为零，把碎银化零为整的工作。常言道"门里出身，自会三分"，钱沣虽然自己没有当银匠，但是，从小看他父亲干活，对于银子的成色、分量，那几乎是一搭眼就能看个八九不离十。所以，钱沣围着那几箱开封抽查的银子一转悠，拿两块银子一掂量，就发现了其中的问题，就是说，历城的银库有用杂色银冒充官银的情况！但是，数量有多少，不知道。所以他才坚决要求全部拆封检查。

第二天一大早，四位御史带着随员又来到历城银库。这次，按照钱沣的要求，来了个全面彻底大清查：把所有的银子都拆封，在钱沣的指导下，"逐封弹对，按款比对"，把所有的杂色银都挑了出来。

最后查完一统计，把和珅吓了一跳：挑出来的杂色银居然有4万两之多！很显然，历城县由于少了4万两官银，所以拿了4万两杂色银来冒充官银。

钱沣看到了曙光：以这4万两官银的去处为突破口，不愁案子查不清！那么，这4万两官银哪里去了呢？

调查组首先讯问了历城知县郭德平。据郭德平供称，他是去年六月才到历城上任的。他接任的时候，历城库银就有4万两的亏空（亏空就是短缺），这些亏空是以前历任各官辗转遗留下来的。至于亏空的原因，他真的不清楚。

于是调查组又审讯郭德平的前任，前任历城知县供称：他调任历城知县的时候，就发现前任有许多亏空，他本来不肯接收，并且向巡抚国泰做了汇报，但是国泰却吩咐说，你只管接收，我将来自然催办发还。这么说，这亏空是前任的前任留下来的了？

调查组接着又审讯郭德平的前任的前任。这位前前任供称：我在历城当知县的时候，发生了清水教暴乱事件，为了承办剿匪事宜，一切杂七杂八的支出，全都是从县库提出来的，一共花了 2.5万两，但是后来户部不给报销，只准报销 5100 两，而且，这 5100两只是批准了但还没有实际报出来。

这么说，历城的 4 万两亏空中，有 2.5 万两是没有报销的剿匪军费。那么，除了这 2.5 万两，还有 1.5 万两的亏空是从哪里来的呢？

郭德平还是那句话，他接任的时候就已经有这么多亏空了，如何造成的，他不知道。他的两届前任又推说是修水利工程支出了一些。但是，核对账目，数字却对不上。

看来，这短缺的 4 万两官银的确是历城县的亏空数目，但是，为什么会有这么多亏空呢？除了所谓的没报销的军费，其他消失的官银用到哪里去了呢？这些历任知县，对这一重要问题却没有交代清楚，看来，他们还有什么事隐瞒着调查组。

根据钱沣弹劾前的调查，历城库银的亏空很可能是由于历任知县挪用出来给国泰送礼造成的。但是，由于没有人主动交代，也没有人揭发，所以，关于这 4 万两官银的去向，一时竟然难住了调查组的各位钦差。

怎么办呢？调查组将情况向乾隆皇帝作了汇报。

精明的乾隆皇帝似乎早就料到这些基层官员会隐瞒实情，所以，传旨告诉和珅、刘墉等人："……各属以贿营求，思得美缺一节，不特受贿者不肯吐露实情，即行贿各劣员，明知与受同罪，亦岂肯和盘托出？即或密为访查，尚恐通省相习成风，不肯首先举发。惟在委屈开导，以此等贿求原非各属所乐为，必系国泰等抑勒需索，致有不得不从之势。若伊等能供出实情，其罪尚可量从末减。和珅等必须明白晓谕……朕实不忍似甘省之复兴大狱……"（《乾隆朝惩办贪污档案选编》）

也就是说，乾隆已经料到，根据大清法律的规定，行贿者和受贿者同罪，所以，行贿受贿的事，不仅国泰、于易简不会承认，那些给国泰、于易简行贿的下级官员也一定不肯首先举发上级受贿之事。所以乾隆指示和珅等人一定要向全省官员做深入细致的思想政治工作，告诉他们，皇上知道你们也有难处，有些事也是迫不得已，不得不做。皇上说啦，不会像甘肃冒赈案打击面那么大，这次只追究主犯和重犯。只要你们能供出实情，就可以减轻罪责。一句话，就是坦白从宽，抗拒从严。否则，这账目对不上，你们谁也脱不了干系！

调查组拿着皇帝的圣旨，对各级官员们展开强大的心理攻势。不久，调查组的心理攻势终于起了作用，为求自保，这些官员陆续说出了实情。

郭德平的前任交代说，他升任知府的时候，等咨文等了五个月。咨文就是官府的公务文书，也就是公文，相当于现在的请示、批复、任命书、介绍信等等。这位老兄等了五个月还拿不到咨文，没有咨文没法赴任哪！没办法，只好花 1000 两银子，买了一对玉插屏送给国泰，这才拿到了咨文。上年这位前任因公到省里办事，正赶上国泰要人帮费，帮费就是出钱帮忙的意思。只好又凑了 1000 两银子交到经办人，也就是济南知府冯埏那里。

郭德平的前前任说，国泰要他代买物件，他代购嵌玉罗汉屏一座，花了 2200 两，国泰只付了 1000 两，他赔了 1200 两；后来又代购玉桃盒一件，又赔了 1500 两。上年国泰要人帮费，他又拿了 2000 两，交到了经办人济南知府冯埏那里。

替上级买东西、给上级送钱送物，这些知县当然不会自己掏腰包，所以，就把历城的库银拿出来挪用了。对此，国泰是睁一只眼闭一只眼，你只要送钱给我就行了，我才不管你从哪儿弄钱呢！所以，国泰对历城的亏空并不追究，反而在历任知县交接的时候打马虎眼。按说，上任的亏空不补齐，下任可以不接，但是，有国泰的命令，你就不能不接了。而且，上行下效，你挪用了库银没事儿，那我也挪用！就这样一任一任地辗转积累下来，亏空就越来越多了。

现在，我们终于搞清楚了，历城县的确是短缺了 4 万两官银，也就是亏空了 4 万两，而且这些亏空和国泰有直接的关系。

为了应付检查，历城的官员们从别处挪过来 4 万两杂色银来冒充官银。本以为可以瞒天过海，没想到碰到个爱较真儿的御史，而且还是银匠的儿子，所以这小把戏一下子就被戳穿了。

那么，这4万两杂色银又是从哪儿来的呢？

这4万两杂色银的来历，史书上有不同的记载。

据多数史料记载，这些杂色银是跟商人们借的。说钱沣等人经过全面彻底大排查，发现库存的银子成色不一，许多是杂色的市银，而不是标准的官银。于是询问看守银库的库吏，才知道这些杂色银都是临时从商家手里借的，用来顶补库银亏空。于是，钱沣命人在全城张贴告示，让出借银子的商家赶紧前来领取借出的银子，来晚了银子就"封库入官"了，也就是归公不还了！这下，看到告示的商人们纷纷前来领回银子，一下子，"库藏为之一空"。库银亏空的事就这样真相大白了。

这个版本听着挺传奇的，不过，有些地方还是很值得推敲：

第一，从和珅等人写给皇上的汇报材料看，并没有提到前面讲的这件事，如果真有此事，他们怎么能不向皇上报告呢？

第二，像掩盖亏空这样的事，知道的人越少越好，如果真要借钱，找一两个可靠的大户借钱就可以了，跟全城那么多商家借，万一有人泄露或者有人举报怎么办？

第三，从此案的调查结果来看，国泰这次用来挪移弥补历城亏空的钱是4万两，如果真像上面所讲的，商人们纷纷前来把自己的钱领走，于是"库藏为之一空"。拿走4万两银库就空了，难道一个县的银库才有4万两银子吗？

所以，我觉得还是第二个版本更可信一些。

这第二个版本来自《乾隆朝惩办贪污档案选编》中有关国泰案的奏折和被查官员的供词。根据和珅、刘墉在四月十一日写给乾隆皇帝的奏折里所说的，调查组到达历城后，对县库"彻底盘查，按款比对，逐封弹对"，结果发现，历城县库银虽然数量不缺，但其中成色掺杂不一，有许多不是标准的官银，而且，这些杂色银共有4万两之多。

调查组便怀疑这里面有用市银冒充官银、挪移顶补的情况，于是询问管库的库吏，这么多的杂色银是从哪里来的？库吏回答说是从济南知府冯埏那里运过来的。

再问，什么时候运过来的？回答说就在钦差到来之前一两天。

那么，济南知府冯埏的银子怎么会跑到历城县的银库呢？而且正巧还是在钦差到来之前运到？而且，济南知府冯埏，一个普通官员，工资也不高，他怎么能一下子拿出那么多钱呢？

调查组立刻传讯历城县令郭德平和济南知府冯埏。

郭德平支支吾吾地说，并不是自己成心掩饰，这只是按布政使于易简的吩咐办的。

冯埏对于挪用之事倒是供认不讳，但是也强调说是根据于易简的命令，将4万两银子转到历城县银库的。

调查组又问冯埏，那你怎么会有这么多钱？你这4万两银子又是从哪里来的呢？

冯埏说，这些银子都是国泰的，他只是沿袭前任知府吕尔昌的旧例，代替国泰保管这些银子而已。

和珅、劉墉等

奏為遵

旨查奏事 宗穎等作本月初習奉

上諭據懍柳御史錢灃奏奉同泰于馬簡等全俟菅私一摺已諭令

和珅馳赴山東省道車同御史錢灃自京啟程和官歲縣逐次搆事

知卿李嚴初重犯辦玉不虛類此是興一節於炳之處室以却辦妥

和懷托出悮不為曲阔誨神伊等侄出寶情山事不口不辦妥陸

一已在犯外眹寶不忍似甘肙之復聘大概和珅等惟恐為崗害

撲寶彥同莘國欽此又初古德州遠次搆事

上諭及嚴按候使奇另前在山東知府道差任同泰怪同泰奏必

有以聘喾求之事且此加目以芳為與交傳裝私之處其傳術和珅

雷攜祥詢同泰撲寶運彥欽此莘作初官駞地濟南眥城搆

旧圐泰辛同司道莘題语

聖安説川莘即問诸稹匙雜澧孟陸帶司多前赴歷城縣車澈底

嚴查查訊即即叩刪按熟比對逐封彈竟查心篌縣應妗庫琬

銀敘難腈相將俱伪中銀色据雜乃之狩多段逐加隳縣計

短少三千好石澋誤騕手楄目后厳垍塌敦石需烱逐

欹任和府到任瑩查是知縣本城錢飽到玉旲銀平于山抵

補空項尽傳喚到曹壇话堅朱水説川莘俊訪询郎匩

平尚史詩滿去識甚多髭寶娈方袻同盟查作兒柳拶揋

蓋怗堕隨嚴纫彊司于髙簡揁橅本月初官莘延择同泰門官

露戌有支州紉褺褺物件的館玉孢澥南雨喪峯彵塊破

斳且玟補倇了郎逐手就峝逞莘中叠上銀四旲而歸

入库州莘又詢問于馬簡山項支州縣愛價銀而候層何

致櫄樣圐偩辭罣物件巧柝岊青峰州縣辧了物件随

表者峧價偃又拧卅物件為之本價莭文支州縣愛價

氏州縣橅祥交銀傳是馬妬仵手是川存脖庯眾莘伭是

歷城庫岑歝珙抻橒蓋怗與縣毲門莘又將錢灃咘奏

圐泰萟派層玉代辭彻作為層賠在補與藩司通門堘

雾宅情莘迚

看来，这次挪移市银、掩盖亏空的总指挥正是国泰和于易简！

于是，调查组又讯问了于易简。这次，历城库银挪移掩饰的痕迹被调查组发现，调查组问起话来就不客气了。于易简一看事情败露，只好交代说，历城的确是有亏空，前两天国泰听说钦差要来，就对于易简说："我有各州县变卖物件的银子，在济南府里。历城现有亏空，叫历城知县郭德平挪动顶补一下。"于是，于易简就让历城知县郭德平从济南知府冯埏那儿要去4万两银子，弥补历城库银亏空。

如果说冯埏是替国泰管理这些银子，那么，冯埏替国泰保管的银子总共有多少呢？国泰的这些银子又是从哪里来的呢？应该不是国泰自己的工资吧？要是工资，他早就拿回自己家了！

冯埏交代说，他替国泰管理的银子前后有8万两吧，不过，这些银子原来是由前任济南知府吕尔昌经手的。具体来源和详细情况他不完全清楚。吕尔昌呢，经国泰大力推荐，现在已经升任安徽按察使了，人已不在山东，所以最好还是去问于易简或国泰本人吧。

于易简眼看大势已去，也不得不招供了。据于易简招供，国泰存在济南知府冯埏处的银子，也就是国泰所谓"各州县变卖物件的银子"，其实是国泰勒索各州县属员得来的，国泰打着为皇帝采办贡品的旗号，先是通过于易简要求各州县属员先垫付银子代他购买"物件"，买到以后，他则少付价款，以很低的价格把东西留下。然后，国泰又借口有些东西不适合进贡，把低价到手的"物件"另定高价，交各州县属员代他变卖。卖得掉的，算你运气好，卖不掉的，经手的官员也不敢把"物件"退回，只好按国泰所定的高价，自己掏钱买下。钱呢，都交到济南知府冯埏那儿，由冯埏再转交给国泰。在冯埏之前，则是由前任济南知府吕尔昌经手。

这国泰低进高抛，倒买倒卖，大把赚钱，要是放到今天，他肯定是个炒股的高手！不仅如此，国泰还在属员提升调补的时候，大肆索贿受贿。不送礼就不给你办手续，你看着办吧！

这可把他的那些下属州县官害苦啦！总不能自己赔钱吧，于是，挪用库银的也有啦，巧立名目，把负担转嫁给老百姓的也有啦，把个山东省搞得乌烟瘴气、怨声载道。

但是，当刘墉等人审讯国泰的时候，骄横的国泰却根本不认罪！

不过，调查组也不是吃素的，在掌握了大量证据的基础上，钱沣等人又让于易简、冯埏、郭德平等人和国泰当面对质。国泰这才低下了自己高傲的头，不得不承认自己是收了钱，但是却并不认罪，一再宣称自己这样做都是为了给皇上办贡，而且有些银子是下属们自愿帮忙给的"帮费银"。

和珅、刘墉等将所查明的情况迅速报告给了乾隆皇帝，乾隆于四月十三日和四月十四日连发谕旨，先是命令将国泰、于易简、冯埏、郭德平等人一律革职拿问。随后又命和珅押解国泰、于易简于五月初到京，乾隆要亲自审问。其余案犯则交给刘墉、诺穆亲、钱沣以及新任山东巡抚办理。并且命令刘墉、钱沣等人在山东继续清查其他州县的库银是否亏空。

尚書額駙公福　守奇

欽差尚書和　左都御史劉　乾隆四十七年四月十三日

奉

上諭據和珅等奏查辦御史錢灃參奏山東巡撫國泰一案

於初八日到省詢問于易簡稱國泰開欽差前來之信就

對我說我有交州縣變賣物件銀子在濟南府裡歷城現

有虧空叫且挪動頂補該縣郭德平隨向馮埏府庫要去

銀四萬兩挪移掩飾又詢梁肯堂稱國泰勒派屬員銀兩

俱係馮埏經手隨詢據馮埏郭德平供認相符并據馮埏

呈出各府州縣幫費清單復令于易簡等當面質証國泰

據伊供認前情不諱等語此事實屬大奇除明降諭旨將

國泰于易簡馮埏郭德平并陸任按察使呂爾昌革職拏

閒外國泰身任巡撫竟敢明目張膽遍勤派累任意苛索

通省官員俯首聽從今據馮埏呈首幫費清單止係伊任

內經手之事其從前呂爾昌任內如何勒派之處著傳諭

和珅等嚴行訊問國泰務令逐一供吐至藩司于易簡專

管錢糧乃於歷城縣庫一任虧空復扶同弊混又向國泰

長跪田話實屬早鄙並著和珅等逐層跟究至錢灃原參

于易簡勒索屬員之處何以並未問及于易簡若果無其

事何不聞之錢灃著一併嚴究得實後即一面奏聞一面

著和珅押帶國泰于易簡於五月初聞列京候朕親訊其

　　钱沣终于可以松一口气了，现在，调查组查出历城县库银亏空是确有其事，钱沣的举报得到了证实，可以说，钱沣现在安全了。但是，他的工作还远远没有做完，因为这个案子还有许多问题没有搞清楚。眼下，就有一个谜团等着钱沣他们去解开呢。

谁是泄密之人？

我们看，历城县的亏空是确定无疑了，挪用国泰的赃款弥补亏空也搞清楚了。那么，为什么国泰会赶在钦差到来之前来个"乾坤大挪移"，匆忙掩盖历城县的亏空呢？他怎么会提前就知道钦差会来山东调查呢？

国泰又不是神仙，也不是能掐会算，当然不可能凭空预测到钦差查库之事。他之所以急忙掩盖亏空，唯一的可能就是他提前知道了消息。那么，是谁把这一重要消息透露给了国泰呢？

此事连乾隆皇帝也觉得奇怪，乾隆就怕国泰事先得到消息，所以告诫和珅等人一定要注意保密，对外只说到涿州、德州、江南一带查案，那么国泰怎么会在钦差来到之前就得到消息呢？这事儿不仅钱沣等人没整明白，就连精明的乾隆也是百思不得其解。

所以，在接到和珅等人的情况汇报后，乾隆

又通过六百里加急传谕和珅、刘墉等人："国泰、于易简供内闻有钦差过境，恐有盘查等事，此系何人与信，必当究出实情，毋任捏饰！"就是说，乾隆对和珅、刘墉下命令了：一定要严厉追查泄密之人！

那么，到底是谁泄的密呢？

关于这件事的说法，也有两个版本。

一个版本是说给国泰报信的人是和珅。和珅在接到调查国泰的圣旨之后，在同刘墉、钱沣等人赴山东查案之前，先派家人给国泰通风报信，让国泰早做准备。而且，非常戏剧性的是，这个送信的家人还被钱沣截获了。

事情的经过是这样的：钱沣并没有和刘墉等人一同上路，而是微服先行。走到京郊良乡的时候，看见一个"豪仆"骑着一匹快马，也路过此地，豪仆就是豪门家仆，大户人家的仆人。钱沣看到这个"豪仆"，就上前问他是谁呀？从哪来？到哪去？等等，得知这个人是和珅的家人，到山东去送信的。过了两天，钱沣在路上又碰到这个家人从山东返回，于是就将其拿下，并对其搜身，搜出了国泰写给和珅的信件，其中有许多隐语。由此证明是和珅派人给国泰报的信儿。钱沣呢，立即把此事报告给了乾隆皇帝。

还有一种说法是，钱沣在去山东的路上，遇到一个豪仆模样的人从眼前飞驰而过，觉得可疑，于是暗中记下此人的相貌。在路上又遇到这个人回京，于是上前拿下审问，并搜出了国泰写给和珅的回信，大意是说库银的事都安排好了，您就放心吧！于是，和珅报信的事儿就暴露了。

和珅报信这个版本流传很广，尽管故事情节略有不同，但许多文人学者都采信了这一说法，包括一些讲历史的老师在讲国泰案的时候，也说是和珅派人给国泰报的信。

但是，我认为这种说法是经不起推敲的。

考察当时审理国泰案的档案材料，并没有人举报和珅给国泰送信之事。如果真的像第一版本所说的，钱沣截获了和珅、国泰的往来信件并向皇帝报告了，那为什么档案里没有记载呢？如果乾隆皇帝事前就已经接到钱沣的奏报，知道和珅派人通风报信，不治他的罪就不错了，还怎么可能再派和珅参与此案的查办呢？

据档案记载，乾隆皇帝接到钱沣弹劾国泰等人的奏折，立刻让军机大臣传讯钱沣，那个日期是乾隆四十七年（1782 年）四月四日，传讯完以后，立刻就命令钱沣与和珅、刘墉等人，奉旨于四月四日一同从京师出发前往山东，并于四月八日同时到达济南。这就是说，在这段时间内，钱沣没有可能事前就单独一人先行，在途中与和珅派去的送信人相遇，并守候其从济南返回途中，进行审问。而且，每天从京城到山东的人多啦，钱沣怎么能正好就碰到和珅的家人？而且，还在回来的路上又让他碰上了！这也太巧合了吧？

至于钱沣先记下和珅家人相貌，再在路上守株待兔的说法就更不靠谱了：钱沣又不是长着电子眼，一个人骑马从他身边飞驰而过，他就能记住此人相貌，并且在此人返回途中将其截获，这也太神奇了吧？

就算是钱沣碰上了和珅的家人，上前询问，那个家人也不会傻到把什么都告诉他吧？

而且，和珅那么聪明绝顶的人，怎么会在这种情况下和国泰书信往来呢？那不是授人以柄，自投罗网吗？我想，就是国泰，也不会做这样的傻事。真要送信，送个口信儿也就足够了，干吗非要留下证据呢？

由此可见，世传和珅曾派家仆给国泰通风报信，让他事先有所准备的说法是靠不住的。尽管有些野史笔记写得有鼻子有眼，但是，当时的确没有发现和珅给国泰送信的确凿证据。乾隆皇帝让和珅押解国泰、于易简回京，这也能证明野史上说的和珅泄密的说法是不对的，如果真像野史中说的，钱沣抓住了给国泰送信的和珅的家人，并且报告给了乾隆，乾隆怎么还会那么信任和珅，让和珅押解国泰、于易简回京呢？实际上，和珅在山东查案的表现，皇上是比较满意的。这与和珅及时审时度势，和国泰划清界限有关。

如果说，和珅并没有派人给国泰送信，那么，和珅在其他方面有没有暗中帮助国泰呢？

咱们前面介绍过，和珅和国泰关系很好，按说，和珅不应该袖手旁观。但是，从这个案件所留下的档案来看，同样没有证据证明案件调查过程中，和珅有什么暗通国泰的行为。

那么，和珅为什么在这个关键时刻，对自己的老朋友弃之不顾呢？

我想，可能并不是和珅不想给国泰帮忙，而是实在不敢帮忙，也帮不了忙。为什么呢？

因为这个案子实际上是乾隆皇帝亲自坐镇指挥来办的，和珅、刘墉等人都只是在执行乾隆的命令而已。

我们看，四月初四，乾隆接到钱沣奏报的当天，就派和珅、刘墉等人和钱沣一起到山东去调查国泰。同时，乾隆谕令曾在山东办过盐务的前长芦盐政如实陈奏在山东的见闻；命令已经升任湖南布政使的前山东按察使据实陈奏国泰在山东的种种表现；又责令由国泰多次推荐而升任安徽按察使的前济南知府吕尔昌交代如何与国泰交结的情况，责令他们"毋许丝毫欺隐"。

四月初六，乾隆通过六百里加急接连发来两道谕旨，指示和珅等人要"秉公查究，据实奏报"。

当乾隆向其他大臣了解了国泰的情况之后，四月初八，又派人六百里加急给和珅等人送去谕旨，转述了其他大臣谈到的情况，并说："看来钱沣参奏国泰款迹，竟属实情。"（《乾隆朝惩办贪污档案选编》）

四月十四日，乾隆又通过六百里加急告诫和珅、刘墉："著和珅等一秉天良，不得丝毫含混，畸轻畸重。朕于办理庶务必期真知灼见，从不肯调停迁就，为和事老人之见。……将此传谕和珅、刘墉等，令其悉心详细办理。"（《乾隆朝惩办贪污档案选编》）意思就是告诉和珅等人，你们一定要秉公办案，绝对不能当老好人！

和珅是多么聪明的人啊，他是乾隆朝所有大臣里面最会揣摩圣意的人，他感到，乾隆皇帝是真的想把这个案子搞清楚。近年来连发大案，特别是甘肃冒赈案，已经让乾隆皇帝感到，日益泛滥的贪腐之风，已经严重影响到大清王朝统治机器的正常运转，而且导致越来越严重的官民对立。乾隆如此重视此案，不仅因为国泰和于易简都是省部级高官，而且因为乾隆想要通过此案，整肃官场风气，震慑其他官员。所以，在这种形势之下，和珅绝对不敢轻举妄动。明哲保身才是第一要务呀！就在前不久，和珅刚刚因为包庇其他官员受到乾隆的处罚，伴君如伴虎，还是小心点好。所以，这次和珅学乖了，他像壁虎甩掉尾巴一样，把国泰甩掉了。

如果说不是和珅通风报信，暗中帮助国泰，那么，国泰到底是如何提前得到消息的呢？

这就是我们要讲的第二个版本了。

调查组审讯了国泰周围的人，据跟随国泰的巡捕供出：四月初七那天，我们在西边的城门口见到一人，年龄有 30 多岁，见到我们也不避让，而是迎着国泰轿子请安，好像和国泰很熟悉。至于说什么，我们没有听到，因为他们说话的声音很低。

国泰遇见这个人是在四月初七，钦差到达济南是在四月初八。看来，的确有人在钦差到来之前给国泰送信，那么，这个人是谁呢？

我们前面提到过，就在四月初四这一天，就在乾隆皇帝命和珅、刘墉等人赴山东查案的谕旨下达不久，一名神秘的男子就骑着快马，离开京城，急匆匆地赶赴山东。那么这个人，是不是就是四月初七，国泰在济南城西门口遇见的那个人呢？

这个问题是调查组现阶段要查清的重点问题。

据国泰供称，四月初六，他看到从德州驿站传来的报单，知道了钦差将南下查案的消息。为了以防万一，所以他才命令于易简将历城的亏空先掩盖一下。

据跟随国泰的巡捕供出，在钦差到达济南的前一天，也就是四月初七那天，他们在济南城西门口见到一个 30 岁左右的人迎着国泰的轿子请安，和国泰说了几句话以后就走了。一般老百姓见了官员的轿子都得赶紧避让，这个人敢迎着国泰轿子请安，可见他和国泰关系不一般。那么，这个人是谁？他会不会就是给国泰送信的人呢？

调查组把国泰周围的人问了一圈，都不认识这个人，看来只有审问国泰了。

据国泰交代，四月初六，他从德州传来的驿站报单上，知道了钦差要南下办案，所以第二天坐轿出城，准备迎接钦差。碰巧，在济南府西门，遇到了他弟弟，头等侍卫国霖从京城派来的家人套儿。

这个国霖我们前面提到过，是国泰的弟弟，在皇宫里当差，官封"头等侍卫"，也就是皇帝的高级警卫。

那么，套儿和国泰说了些什么呢？别人都没听见。国泰说，套儿是受他的弟弟国霖的指派，来给老夫人也就是国泰的母亲请安的。

为了核实国泰所言是不是真的，调查组就派人到国泰家去找这个套儿。但是，调查组把国泰家的仆人问了个遍，到处都找不到这个套儿的踪迹，也没有人见他到府里来过。套儿好像真的钻到什么套子里，找不着了！既然是来给国泰的母亲请安，为什么又不到家里去呢？

看来，这个套儿还真有问题！调查组迅速联系负责山东全省司法和监察事务的山东按察使梁肯堂，要求他立刻派人寻找缉拿套儿。同时行文山东至京城沿途各州县，一体查拿嫌犯。

另外，调查组又请皇上敕令军机处传讯国霖，以便搞清楚套儿何时离京赴山东，给国泰捎了什么话，什么时候回的京城，行动为什么如此迅速，居然比钦差还要早到山东，等等。

所以，四月十五，军机处就叫来国霖，询问相关情况。国霖说，因为他母亲上月二十五启程去山东了，所以，派家人套儿去山东给老夫人请安。军机处说，那把套儿找来问问吧。国霖说，套儿现在在山东，还没回来呢。

这就怪了，此案的关键人物套儿既不在国泰家，也不在国霖家，那他上哪去了呢？是不是国泰或者国霖做了什么手脚，让他消失了呢？

所以，四月十九，国霖被革职拿问，由军机大臣会同刑部堂官共同审问。

刑部官员审问国霖：你是什么时候派家人套儿去山东的？

国霖回答，四月初四。

刑部官员又问：为什么钦差四号出京，你不早不晚，也是四号派家人去山东呢？

国霖供称：他初四那天在皇宫当差的时候，听说了御史要到涿州、德州、江南等地查案的事，又听说还有一个姓钱的御史跟随同往，心里就有些不安。他解释说，因为他母亲上月二十五起身到他哥哥那儿去了，就是去山东了，但是，有年纪的人行路迟缓，恐怕还在路上，而德州是属山东管的。他怕他母亲在路上听说了钦差查案，怕他母亲担心有关系到国泰的事，心里害怕，所以就派家人套儿去山东给他母亲请安。

国霖和国泰的口供基本一致，但是，这是不是他们串通好的说辞呢？这还需要找到套儿之后三方对质。

既然国霖说套儿去山东还没回来，那就从北京到山东沿途缉拿，从国霖家到国泰家都派人蹲守。不久，终于将套儿缉拿归案了。据套儿交代，他是四月初四离开京城去山东的。奉主人之命，去给老夫人请安。据套儿的供词称："初四日自京起身，初七日到山东省，路上遇见大爷（就是国泰）接钦差，我请了安，大爷问我，你来做什么？我说二爷（就是国霖）打发我来给老太太请安，恐老太太听见钦差来害怕。"

刑部官员又问："你既然是来给老太太请安，为什么又不到国泰府上去？人都不见，你请什么安呢？"

套儿说："我家大爷说钦差马上就要到了，怕我在那儿引起不必要的猜疑，所以就打发我回去了。"

刑部官员又问："那你为什么没有立即回京，这么多天你干什么去了？"

套儿说："我到山东前，二爷让我打听打听钦差到德州查案有没有涉及大爷的事情，所以，离开大爷，我就去德州了，在那儿待了几天，后来听说我家大爷被抓了，才赶紧回来给二爷报信儿。"

我们把这几个人的供词放在一起看，就不难发现：实际上，做贼心虚且具有丰富官场经验的国泰，从驿站的报单得知钦差要到江南公干后，立即预感到钦差此行的真正目标很可能就是山东。套儿的到来，印证了国泰的判断并且更加证实了事态的严重。要说送信，也不是和珅的家人，而是国泰的弟弟，在皇宫当差的头等侍卫国霖派家人套儿给国泰送的信。所以，国泰才急忙命于易简把各州县"变卖物件的银子"挪用过来，弥补历城县库银的亏空。想不到却被钱沣的火眼金睛一下子就识破了。

现在，案情基本查清了，国泰的确像钱沣弹劾的那样，勒索下属，索贿受贿，导致了历城县的库银亏空。那么，乾隆皇帝会如何处置国泰和于易简呢？

包庇的后果

按照乾隆皇帝的谕旨，四月底，和珅押解国泰等人到京，乾隆亲自讯问国泰，在皇帝的天威之下，国泰俯首认罪。为慎重定罪量刑，乾隆命令将经国泰极力推荐升为安徽按察使的原济南知府吕尔昌押解来京与国泰对质，等所有重要人犯都押解到京后，由大学士会同九卿会审。所谓"九卿会审"，就是遇到特别重大的案件，皇帝可以召集都察院、大理寺、通政使司和吏、户、礼、兵、刑、工六部总共九个部门的负责人来共同审理。可见，国泰案在当时是一个特别重大案件。

经过审讯，原济南知府吕尔昌供出，他曾送碧霞犀朝珠一挂给国泰，乾隆四十四年（1779年）冬，冯埏等四名知府，曾各送黄金50两给国泰，托他转交。平日，年节及国泰寿日，两司（就是布政使和按察使）与各道府除水礼外，还送金银、朝珠、人参等物给国泰。

经过质证，国泰无法抵赖，只好承认，并说自己"辜负了圣主豢养厚恩，万死莫赎，只求将我从重治罪"。

按《大清律例》规定："侵盗仓库钱粮一千两以上者，斩监候。"斩监候就相当于现在的死刑缓期执行。但是，九卿会审认为，国泰"系受恩深重之人，恣意贪婪，法难稍贷"，所以，判决国泰"即行正法，以为昧良负恩者戒"。就是说，国泰贪污勒索达 8 万两银子，导致历城亏空 4 万两，根据《大清律例》的规定，应该判他斩监候。但是，由于他情节严重，而且深受皇帝重恩，这样做实在是太没良心了！太辜负皇帝的大恩大德了！所以，应该判处他"即行正法"，就是死刑立即执行，让那些辜负皇恩的人引以为戒。

过去的司法官员们为了彰显皇帝的皇恩浩荡，经常会故意判重一些，以便给皇上一个减刑的空间。这样做是为了体现皇帝的仁慈。或许，乾隆想到国泰殷勤的进贡，还真有点儿不忍心杀他。反正，乾隆看了判决以后，下了道圣旨，说，"国泰之罪，自难宽贷，但念其所得赃私尚与枉法鬻爵者有间"，所以，从宽处理，"改为应斩，监候秋后处决"。意思是说，国泰虽然罪孽深重，但是，他所得的赃款毕竟大部分是用来进贡啦，和那些枉法裁判、卖官鬻爵之人还是有区别的，所以，就从宽处理，改为死缓吧。

看来，乾隆皇帝考虑到国泰办贡的积极性，还是想对他网开一面的。这下国泰长出一口气，心想，总算没有白给皇上进贡，这下有希望保住自己的小命了！

但是，当乾隆皇帝接到钱沣、刘墉等人在山东后续调查的情况

國泰供我蒙

皇上格外天恩補放山東巡撫那時我父親文綬在四川總
督任內離山東甚遠我那裡的事不能知道我父親
常寄來的家信都是教訓我奮勉出力的話我雖時常
寄信如何肯將我所做不好的事告訴我父親所以我
在山東所做的事情父親是實在不知道的總之我受
恩深重不能潔己奉公自蹈重罪令跪讀
硃批伊勒圖泰摺國泰既辜負
皇上天恩也實在無顏見我父親愧悔無地只求將我從重
治罪就是

恩典了

詰問你就不肯將你在山東藝索的事告訴你父親你
父親生日及年節自心羞家人前去豈有不說的呢你
又供我父親曾經緣事查抄所有舊家人俱已入官我
使喚的家人俱係新投靠的及長隨日子甚後年節生
日羞他們去如何敢在我父親面前說我的不好呢況
我在山東所做的事家人們也不能知道詳細我待家
人甚嚴人所共知他們若與我父親處家人說與閒話
以致父親知道必寫字來問我我必要責問我的家人
他們如何敢說呢求詳情

汇报，特别是接到直隶总督的一份汇报材料之后，国泰保命的希望就彻底破灭了！

原来，刘墉、钱沣等人在山东继续深入调查，发现许多州县都存在库银亏空问题，全省的亏空加起来竟然高达 200 多万两银子！

乾隆一听山东竟然有这么多亏空，大为光火，立刻审讯国泰，这 200 多万两亏空是怎么造成的？！

国泰回答说，这些亏空是因为前几年清水教闹事，官府出兵剿匪留下的亏空。

乾隆说，在剿匪方面，只要是合理正常的开支，几个月之内户部就会给你们补齐，怎么会拖几年之久呢？真是一派胡言！

就在这事关国泰生死的关键时刻，直隶总督又给乾隆送上来一份举报材料。说国泰以他弟弟国霖和他两个侄子的名字，在河北易州买了 8000 多亩土地和五座庄园，现在都租出去赚钱了。而这些事，都是于易简找人帮他干的。

乾隆皇帝看到报告是异常愤怒啊：好你个国泰！还是没有老实交代啊！你这是老鼠拉木锨——大头在后头呀！

所以，几天后，愤怒的乾隆就宣布了对于国泰的最终判决："加恩赐自尽"，并且查抄家产入官。这下，"死缓"改成"死刑立即执行"了，而且还没收全部个人财产！这里插一句，在中国古代，别说老百姓，就是官员，也是没有任何天赋人权可言的，你的一切权利，甚至是生死，都是皇帝"赐"给你的，所以说，让国泰自尽，死得体面点儿，那也是皇上加恩赐给他的。

就这样，钱沣所弹劾的山东巡抚国泰索贿受贿、导致州县亏空之事全部查清。国泰落得个人为财死，财为人亡。命也没了，财也没了。那么，钱沣所弹劾的另一名高官，国泰的副手——山东布政使于易简的命运如何呢？

从前面的讲述不难看出，于易简的确帮助国泰干了不少坏事，助纣为虐。但如果他本人没有贪污受贿，则罪不至死。乾隆皇帝也明确指出，有无勒索劣迹，是于易简"生死所关"，所以一定要深入调查，搞个水落石出。

在审讯于易简的过程中，于易简坚持说自己绝对没有勒索受贿之事。不过，到底有没有可不是于易简说了算的。刘墉等人像调查国泰一样，"密行查访，传集在省各员，逐一提问"。

据冯埏、郭德平等供称："于易简在藩司任内，诸事不能做主，一味迎合巡抚，人人都不怕他。且都鄙视他，谁肯送银给他呢？……至于年节送些水礼、尺头、蟒袍等物这是有的。"水礼就是酒食之类普通食物，尺头就是衣服料子。就是说，于易简在当布政使的时候，什么事都做不了主，只知道一味迎合国泰，谁都不怕他，而且还鄙视他，谁肯给他送银子呢？顶多就是过年过节给他送点食品、衣服啊这样的一般礼物。

调查组又提审了于易简的管门家人刘二，刘二说，我在门上，一切事件都是经我手，逢年过节或者我家老爷过生日的时候，地方州县们也有送水礼的，也有送几件绸缎蟒袍的。至于有没有接受银两，刘二坚称没有经手。甚至在给刘二用了刑之后，他的供词也没有改变。

有没有可能是于易简有更隐蔽的受贿方式，就像国泰一样在外地买房买地，神不知鬼不觉地转移了财产呢？

为了查清这个问题，乾隆又命令两江总督到于易简的老家——江苏金坛去调查于易简的财产，传讯于氏族人。据其族人称：于易简的父亲在分家时，"分得厅旁瓦房十一间"，由他的长嫂居住。于易简自幼跟随哥哥于敏中在京城居住，从未在原籍买过房地产，也从未把银两带回，托人运营生息或于他处置买田产。

乾隆又令钱沣与于易简当面对质，然而，钱沣说关于于易简勒索属员之事只是得之传闻，并没有确切证据。

现在，经过一番深入全面的调查，还是没有查到于易简勒索受贿的证据。按说，应该对他从轻发落，至少能保住性命吧。然而，出人意料的是，乾隆皇帝并没有将于易简和国泰区别对待，而是将他们俩都判了死刑。这又是为什么呢？

原来，一年前，也就是乾隆四十六年（1781 年），国泰在山东索贿受贿的事已经搞得山东"官"怨沸腾了，州县官们也免不了发发牢骚。渐渐地，这事儿就传到京城一些大臣耳朵里了。但是，因为国泰与和珅等人关系不错，所以，和珅等人相继跟乾隆皇帝陈奏，建议把国泰调入京城工作，以便"消弭其事"，让人们慢慢忘掉国泰在山东的劣迹，不要再议论了。而且，如果国泰在京城工作，在天子脚下嘛，也可能会收敛一些，不会那么明目张胆地勒索部下。

但是，乾隆皇帝听了这些人的陈奏后，并没有把国泰调到京城，而是传谕，令山东布政使于易简进京询问。乾隆问于易简，国泰在山东表现怎么样啊？听说国泰在山东巡抚任内不能得属员之心，是不是有什么不法行为啊？

于易简呢，则力保国泰没有不法行为。他说，国泰只是因为对下属要求太严，再加上脾气有些暴躁，遇到属员办事不力的时候，经常会训斥下属。属员们因为害怕和不满，才在背后说他的坏话。

乾隆又问，国泰多次保荐吕尔昌，他们之间是不是有什么不正当、不合法的交往啊？于易简说，国泰和吕尔昌都是刑部司员出身，吕尔昌在属员中办案最为得力，所以国泰经常委托吕尔昌办理案件，对他的工作能力十分满意，所以才大力保荐。没见他们之间有什么行贿受贿、徇私舞弊的事情。

因为相信了于易简的话，所以乾隆皇帝并没有追究国泰的事情，只是给他发了个上谕，告诫他"凡事要宽严适中，不可太过，亦不可不及"。

没想到现在国泰案发，乾隆皇帝发现原来当初于易简欺骗了自己！明知国泰犯罪而不举报，而且还跟皇帝说假话，那是欺君之罪啊！所以，尽管于易简没有索贿受贿，乾隆皇帝也绝不会饶了他！而且，乾隆还发了一道圣旨，痛斥于易简"竟敢于朕前饰词容隐，朋比袒护，其居心实不可文问！外省藩臬两司俱有奏事之责，遇有督抚不公不正之事原准飞章上达，况经朕之当面询问呼？若外省尽如于易简之欺罔，则督抚藩臬上下联为一气，又将何事而不为？"意思是说，于易简竟敢在皇上面前花言巧语，袒护国泰，真是居心叵测！地方官员中，布政使和按察使原本都有监督总督巡抚的责任，遇到总督、巡抚有违法乱纪的事情，可以直接向皇上汇报。而于易简不仅没有主动向皇上汇报，而且在皇上当面询问的时候还替国泰遮掩，这让皇上感到愤怒：皇上最怕的就是朋党之祸，如果臣子之间没有争斗，那就合起伙来算计皇帝了。如果其他的地方官员都像于易简这样，督抚藩臬沆瀣一气，欺骗皇上，那还有什么事做不出来呢？所以，于易简没有贪污受贿罪，却有渎职欺君之罪，他是怎么也得死了！

这下，又有一个令人不解的问题冒出来了：于易简为什么会甘心冒着杀头的风险来包庇国泰呢？

一个原因是"畏惧"。他不敢说国泰不好。因为国泰是满官，于易简是汉官，当时的清朝官场，由于存在民族歧视，所以，满官的地位大大高于汉官。满官对皇帝可以称"奴才"，表明自己是皇帝家的人，而汉官连称"奴才"的资格都没有，只能称"臣"。有些汉官想要讨好皇上，在皇上面前自称"奴才"，往往会受到皇上的训斥。这使得汉官的自尊心和自信心受到极大的打压。所以当时汉官阿附满官是非常普遍的现象，一般汉官同满官相处都会小心翼翼，再加上国泰是高干子弟，地位显赫而且性格暴躁，而于易简呢，性格懦弱而又胆小怕事，所以他从心底深处对国泰有一种畏惧感。遇到国泰大发雷霆的时候，于易简竟然不顾脸面，"长跪白事"，就是跪着和国泰说话。本来他们俩是省里的一、二把手，品级相同，见面作揖行礼也就可以了，可于易简居然跪着汇报工作，难怪别人都鄙视他呢！

第二个原因呢，是"感激"。因为国泰对于易简还有提拔之恩。正是由于国泰的提携，于易简才由从四品的济南知府升为二品的山东布政使，这种知遇之恩于易简当然是铭记在心。特别是在于易简的哥哥大学士于敏中去世之后，于易简对国泰就更加依赖，把国泰当成了自己的大靠山。如果国泰倒了，于易简也就失去了靠山。

第三个原因，可能是因为于易简和国泰志趣相投。他们俩都非常喜欢昆曲，有时候还粉墨登场，客串一下。据说，他们俩最喜欢演的是《长生殿》，于易简扮演唐明皇，国泰扮演杨贵妃，刚开始，于易简因为惧怕国泰，演唐明皇还有些放不开，国泰就对他说："在官言官，在戏言戏嘛！大胆演！"于是于易简也放下包袱，全身心投入演出，"七月七日长生殿，夜半无人私语时。在天愿作比翼鸟，在地愿为连理枝……"二人演得是惟妙惟肖，声色俱佳。可以说，在昆曲方面，二人说得上是互为知音。

基于上述原因，于易简当初才会在乾隆面前不计后果地包庇国泰。而包庇的结果，就是落得和国泰一样的下场——被赐自尽，家产查抄入官。

至此，震动朝野的山东库银亏空案告一段落，该案的两个主犯都被判处了死刑立即执行，家产查抄入官；从犯吕尔昌、冯埏发往新疆伊犁效力，家产也被没收；余犯郭德平等被发往军台效力，就是被发配充军了；国泰的弟弟国霖，也由头等侍卫降为三等侍卫，"在大门上行走赎罪"，由高级警卫变成门卫了。

启者本日奉

音国泰于易简著加恩赐令自尽派侍郎诺穆亲宣音监看

钦此兹特将

谕音封寄

大人接奉後即星驰赴京遵

音办理并将国泰于易简如何感激

天恩情形由下报具摺覆

奏此达不一

制度性腐败

值得一提的是，国泰任巡抚时，山东两任按察使叶佩荪和梁肯堂，尽管没有参与国泰等人的犯罪活动，但是，也受到了降级处分，这又是为什么呢？

这是因为，各省按察使是清代整个监察系统中很重要的一个环节，"掌一省刑名按劾之事，以振风纪而澄吏治"。就是说，按察使是主管一省监察和司法的官员，具有监察全省官员的职责，遇到总督、巡抚有不合法的事情，按察使可以"飞章上达"，就是直接向皇帝报告。这样就能对那些坐镇地方的封疆大吏也形成一定的制约作用。但是，叶佩荪、梁肯堂在任山东按察使期间，在钱沣参奏国泰、于易简之前，对国泰、于易简的犯罪行为不闻不问，也不上报朝廷，有失"奏事之责"。拿今天的话说，就是"不作为"，就是渎职啊！所以，叶佩荪、梁肯堂不仅被传讯质问，而且受到了降级处分，叶佩荪由二品的布政使降为从四品的知府，梁肯堂由三品按察使降为四品道员。

而和珅、刘墉、钱沣等人因为这个案子办得好，所以回京之后都得到了嘉奖，特别是御史钱沣，更是一年之内连升三级，成为通政使司的副使，可以参与讨论国家大事了。

那么，为什么对钱沣的封赏如此厚重呢？这是因为，清代为了督促监察官们忠于职守、公正执法，不仅对于不称职甚或渎职的监察官制定了严格的处罚措施，而且对于称职的监察官升赏有加。顺治皇帝就曾经对御史们说过："尔等既职司风纪，为朝廷耳目之官，一有见闻即当入告。凡贪污枉法暴戾殃民者，指实纠参，方为称职。……果能如此，则升赏有加，垂名不朽。"

意思是说，你们这些御史既然是负责纠举监察、整肃吏治的，是朝廷的耳目之官，那么，一有关于贪官污吏的所见所闻，就应该立刻报告朝廷。对那些贪赃枉法、祸害百姓的官员能够根据事实进行弹劾的，才是称职的监察官。如果真能这样，朝廷一定大大封赏，让你名垂青史。

在这个案子中，乾隆一方面对渎职的监察官前后两任山东按察使叶佩荪和梁肯堂严厉处分，一方面对于称职的监察官钱沣大加升赏，就是要让监察官们知道自己的职责所在。正是因为有了从中央到地方这样一整套严密的监察制度，再加上前期执行的情况比较好，所以才保持了清代前期较长一段时间的吏治清明。

遗憾的是，由于乾隆本人和制度方面的原因，使得乾隆朝后期，吏治逐渐败坏，贪腐官员越来越多。就拿国泰案来说吧，像国泰这样的高干子弟，家境殷实，国泰作为巡抚，又俸禄优厚，他们家应该不差钱呀！那国泰为什么还要这么疯狂地索贿受贿呢？

我想，除了他本人的贪欲无度之外，另外还有几个制度性的原因。

一个是臣下对君主的"贡献"制度。所谓贡献，就是逢年过节，从宗室贵族到部院和地方的各级官吏，都要给皇帝"进贡"。按照常规，每年的新年、冬至、端午、中秋以及皇帝、皇太后、皇后的生日，臣下都要按时进贡，这些称为"常贡"。此外还有种种临时性进贡，例如一年一度的木兰围猎，要办"木兰贡"，皇帝出巡沿途所经过的地区，当地官员要办"迎銮贡"，大臣们进京觐见皇帝，所献贡品称"陛见贡"。皇帝提拔加恩，所献贡品，称"谢恩贡"……有时，皇帝想要某种东西，又实在没有借口，就干脆称"传办贡"。

而到了皇帝的生日，进贡浪潮更是席卷全国。各地进贡的大车从四面八方涌向北京。除大车外，那些珍贵怕碎的贡品以人担、驼负、轿驾的，更是多不胜数。每辆进贡的车上都插着小黄旗，上面写着"进贡"两个大字。为了抢运贡品，车辆互相争道，铃声动地，鞭声震野，热闹非凡。所以，那会儿一到皇帝过生日，北京就堵车了。

大臣们贡献的贡品包括各地的土特产、金银珠宝、古玩字画等等，甚至还有西洋贡品。

例如，两广总督李侍尧一向以善于办贡而闻名，有一次给皇上进贡了一座镶金洋景表亭，乾隆非常喜欢。皇帝喜欢西洋钟表一事被其他官员知道后，广州西洋八音匣等物品售价猛涨。但官员们依旧醉心追求，示意他们的属下不惜任何代价收买。

国泰也得到过这种"优于办贡"的表扬，乾隆曾说国泰"所办贡物较他人为优"，可他哪里知道，那些供物都是国泰勒索属员得来的呀！

其实，采办贡品已经演变成了贪污腐败的方式。因为送给皇帝的礼物，从采购置办到送进大内，往往过程不公开，账目不清楚，云雾重重，机关多多。事实上，送到皇帝手里的 1 万两，可能意味着督抚们从州县官员那里剥削了 10 万两，而州县官员们则完全有可能从民间剥削了 100 万两。

事实上，乾隆晚年的数起贪腐大案，都牵出过背后的进贡问题。那些进贡最多最好最得皇帝赏识的大臣，后来多数都成了贪污犯。两广总督李侍尧和山东巡抚国泰都是"进贡能臣"演变成贪污案犯的典型例子。国泰进贡成绩之突出、进贡之勤快到了令皇帝有点烦的程度。乾隆四十七年（1782 年）正月初六，皇帝在山东巡抚国泰的贡折上批道：何必献勤至是？今所贡材器都闲置圆明园库，亦无用处，数年后烂坏而已。就在这个批件发出仅三个月后，即乾隆四十七年四月，国泰就因为对下属强行摊派，聚敛个人财富，致使山东通省亏空而犯了案。

另一个制度性原因就是官商"报效"制度。凡遇到像皇帝、太后整旬大寿一类的重大庆典，以及战争、治河工程等重大事件，从部院到地方的各级官员，都要缴纳一定数量的银两，作为支持庆典或办大事的经费。这一做法称之为"报效"。报效多少有最低限额。按规定，满大学士是每人1000两，汉大学士是每人500两，六部尚书等每人400—800两不等，就连最穷的清水衙门——翰林院的官员，人均也得25两。各省官员的报效银两按其养廉银的25%扣除。如果你的养廉银是1万两，那就得报效2500两。当然，多者不限，谁想多报效一点，皇上也很欢迎。像海关、盐政、织造等肥差官员通常报效都在万两以上。但是，绝大多数官员的报效，是通过勒索下属、鱼肉百姓来筹集款项的。

第三个就是"议罪银"制度。据说这是理财高手和珅的发明。为什么要创设"议罪银"制度呢？这和乾隆晚年的生活越来越奢侈，开销越来越多有关。根据清代祖制规定，为了不加重老百姓的负担，皇帝的私人财政和国库是截然分开的。国库由户部掌握，而皇帝的私人财政则由内务府掌握。皇帝的个人财富主要来源于以下几个部分：一个是内务府掌握的皇家庄园的收入，一个是内务府通过经商、放贷等方式为皇帝创的收。另外，就是靠各地给皇上的"贡献"和"报效"了。

但是，仅仅靠上面这些收入，还不能保证乾隆皇帝的日子过得足够舒坦。就像《红楼梦》里王熙凤说的："大有大的难处。"皇帝家需要花钱的地方太多了：礼尚往来的回赐、宫廷造办各种玩意儿、给妃子们的脂粉钱、过年过节给孩子们的赏钱、压岁钱、皇子娶亲的彩礼、公主出嫁的嫁妆等等。加上乾隆喜欢旅游，今年上泰山明年下江南，又是东巡又是南巡的。而且在金山银海中长大的乾隆生性慷慨，眼光很高，办事情都是大手笔，精益求精、登峰造极。所以，晚年的乾隆越来越感到缺钱之苦。于是，"议罪银"制度应运而生。

议罪银是由"罚俸"演化而来。罚俸古已有之，扣除官员几个月至几年的"基本工资"是惩罚轻微过错的常用手段。随着乾隆中期施政愈苛执法趋严，皇帝觉得罚俸数额太少，不足以警戒其心，又法外加罚，所罚动辄上万，改称"议罪银"。皇帝的初衷，不过是想让官员"肉痛"一下，并没有想把它制度化为一项财源。

和珅替皇帝理财后，马上发现了"议罪银"的妙处。罚俸的决定权在吏部，款项由户部承追，银两也交给国库，过程公开透明。而议罪银并非国家旧制，故可以绕开吏部户部，由军机处负责。因为此项银两不是国家定制，可以不纳入国家财政，而是归入皇帝的小金库，并且过程及数额都可以不公开。因此，在和珅的建议下，皇帝批准将议罪银制度化，并且将罚银的范围大大扩展，从财政亏空之类的重大错误到在奏折中写错几个字，都可以一罚了之。议罪银没有统一的标准，由犯错误的官员根据自己的过失和承受能力，自报认罚的数量。

此举一出，那些聪明的大臣马上就发现了妙处。以小过而甘重罚，既说明大臣们对自己要求的严格，又为皇帝小金库的充实不声不响地立了功，可谓一举两得。因此，不少大臣主动要求交纳议罪银。按乾隆的说法，议罪银制度是"以督抚等禄入丰腴，而所获之咎，法所难宥，是以酌量议罪，用示薄惩"。看起来似乎于国体无损，既没有增加百姓的负担，又宽绰了皇帝的手头，还警戒了不法的官员，真是一举多得。而事实上，这却是一项后果极为严重的恶政。因为在官员们看来，只要缴纳的银两足够多，就可以免罪。因此议罪银实际上起不到惩戒作用，反而变相使贪污侵占合法化，为犯罪提供了保护伞、"免死牌"，为贪官们壮了胆，让他们为非作歹起来心里有了底，反正大不了罚钱了事。

而这些官员在交了议罪银之后，都要想方设法把这笔钱捞回来，办法之一就是向下属摊派，还美其名曰"帮费"。国泰以"帮费"之名向下属索贿，就是因为他的父亲，四川总督文绶因为工作失误，被革职，并被发往新疆伊犁效力。国泰为救父亲，奏请说愿意交议罪银 8 万两代父赎罪。获得皇帝批准。后来，从冯埏交出的国泰所收的"帮费"银清单看，国泰所收的"帮费"银正好就是 8 万两！

所以，制度好，可以让坏人不敢干坏事；而制度不好，不仅不能防止坏人干坏事，甚至会让其他人也去干坏事。有些事，表面看，问题出在下面，但实际上，根子却在上面，在制度。但是乾隆却不明白这一点，国泰、于易简被赐死后的第二天，乾隆就发了一道长长的上谕，表白他处理国泰一案所遵循的原则，即，进贡再多，犯了罪也照样判刑。告诫各省封疆大吏引以为戒，不要重蹈国泰的覆辙。然而，就在这道谕旨发出的当年，又接连发生了两起涉及总督、巡抚的贪污大案。可见，不改革制度，发再多再长的谕旨也是没什么用的。

后 记

　　研究清代监察法，总是令人扼腕叹息、深感遗憾：多么精巧的监察制度！多么完备的法律体系！可为什么就挡不住贪污腐败的滚滚浊流呢？为什么还会出现像和珅那样大大小小无数的贪官呢？也许，反思，深刻地反思，才是我们研究清代监察法最重要的任务之一。

　　唯物辩证法告诉我们：世界是普遍联系的；系统论也为人们指出：任何研究对象都是一个由相互作用和相互依赖的若干要素组成的、具有确定功能的系统，系统具有整体性和目的性，系统功能的最大化决定于系统中的要素组合上的最佳化。清代监察法就是一个处于大系统中的小系统，它不可能独善其身，其功能的发挥取决于按照一定的目的建立起来的法律结构，取决于系统内外各种因素的影响。

　　清代政治的专制性制约了监察法的有效实施。清代虽然注意用法律化的手段监督各级职官，但并不强调法律高于一切。法自君出、皇权至上、法律臣服于皇权，被认为是天经地义之理，监察法的如何实施，实施到什么程度，完全由君主的意志决定，这必然使得监察法退化成为僵死的教条和工具。对皇权的依附性决定了监察官们不可能有独立的人格和完全独立的执法权，皇帝乾纲独断，导致监察官左右为难，监察执法力度有限。有相当多的监察官或哑口无言、明哲保身，或胡言枉法、阿附朋党，使得清代监察法的执行效果大打折扣，严重影响到监察法的权威。

特权制度的存在削弱了清代监察法的权威性。皇帝的特权自不必说，这种特权的行使常常使监察法陷于困境。除皇帝之外，清代法律规定享有特权的社会成员还包括宗室贵族、官僚缙绅、绅衿、满族人。特权法实施的目的在于防止削弱清政府赖以存在的统治基础，突出宗室、觉罗贵族、旗人作为统治支柱的作用。然而其结果却是法纪废弛，基础动摇。因为特权制度的存在告诉人们：权大于法。在权贵们眼里，监察法是没有权威的，满族官员可以在以法律形式确定下来的特权的庇护下，逃避监察与惩治；在普通官员眼里，监察法同样是没有权威的，汉族科道官惧于权势，往往察言观色、阿附满官，不敢厉行监察。种种特权像一根根绳索缚住了监察法的手脚，吏治腐败、纲纪废弛也就不可避免了。可见，如果不能保证法律面前人人平等，实现全面、有效的监督就只能是一句空话。

清代监察法是生长于专制政治制度之下的，其立法和执法的整个过程都深受皇权的支配和影响。尽管监察活动的法律化是清代治国、治官之优势，但是极端的专制又无情地削弱了这种优势的力量，使得清代监察法在制约机制上仅限于官僚体制之内的单向的、封闭性操作，它既未在政府系统内部形成自上而下和自下而上的自循环回路，也未使政府系统处于和其他社会系统的交互监督之中，更不能想象监察与监督的权力独立于并且能够制约像皇权这样的最高权力，这样的监察机制其效果可想而知。

以史为鉴可以知兴替。对清代监察法的考察可以看到：监察法实施的效果，有赖于民主制度的保证。没有民主政治，就没有充分有效的监督。清代监察法虽然立法完备，机制健全，但是，终究摆脱不了中国古代社会"以官察官"的窠臼，没有公众的参与，"以官察官"之树往往不尽如人意地结出"官官相护"之果。而缺乏民众参与、缺乏开放透明的监督，其结果只能是虽有典章美备，却难免网漏吞舟之鱼。清代后期，官场腐败不堪，法律规定与法律实践严重脱节，精巧完备的法律体系却无法清除清代吏治之腐败、无法挽救清代国运之消沉，究其原因，尤其值得今人警醒。以清末御史江春霖弹劾庆亲王奕劻父子为例，尽管江春霖的弹劾有名有姓，言之凿凿，但时为摄政王的载沣极力庇护奕劻父子，还骂江春霖"莠言乱政，有妨大局"。《清史稿》对此事的评论是："春霖连劾权贵，言尤痛切，当国者终于不悟。"

难怪大清帝国会走向灭亡，当国者终于不悟啊！

对历史的反思表明，只有在全过程人民民主的条件下才能充分发挥监察制度和监察法的作用。从"明主治吏"到"民主治吏"，才是我们的希望所在。

焦 利

图书在版编目（CIP）数据

和珅的三年：清代监察大案启示录／焦利著 . -- 北京：作家出版社，2025.3. -- ISBN 978 - 7 - 5212 - 3248 - 6

Ⅰ. I25

中国国家版本馆 CIP 数据核字第 20257EY916 号

和珅的三年：清代监察大案启示录

作　　者：焦　利
责任编辑：王　烨
装帧设计：意匠文化·丁奔亮
出版发行：作家出版社有限公司
社　　址：北京农展馆南里 10 号　　　邮　　编：100125
电话传真：86 - 10 - 65067186（发行中心）
　　　　　 86 - 10 - 65004079（总编室）
E - mail: zuojia@zuojia. net. cn
http: // www. zuojiachubanshe. com
印　　刷：唐山嘉德印刷有限公司
成品尺寸：152 × 230
字　　数：130 千
印　　张：13.75
版　　次：2025 年 3 月第 1 版
印　　次：2025 年 3 月第 1 次印刷
ISBN　978 - 7 - 5212 - 3248 - 6
定　　价：59.00 元